忍びの副業

下

Shinobi no Fukugyo

畠中恵

講談社

忍びの副業　下

目次

〈上巻　目次〉

装画
山本祥子

装幀・デザイン
大岡喜直（next door design）

忍びの副業

下

第六章

家を継ぐ者

一

甲賀《こうが》の上忍《じょうにん》弥九郎《やくろう》は、組屋敷《くみやしき》の一間で、忍《しの》びの術を用い、手の内に光を集めていた。

弥九郎は、長《おさ》から謹慎を喰《く》らい、表へ出ることも叶《かな》わないでいた。だがそんな時、西之丸《にしのまる》の思いがけない噂《うわさ》が、伝わってきたのだ。

側を離れたとはいえ、西之丸の事が案じられた。何としても、噂の真偽を確かめねばならなかった。しかし今弥九郎達は、西之丸御殿《ごてん》に入ることも、叶わなくなっている。

ならば、どうするか。

弥九郎は、懐から曲玉《まがたま》を取り出したのだ。甲賀に伝わる、首飾《くびかざり》曲玉秘伝占術。その忍びに伝わる占いの力で、己の部屋に居ながら、西之丸御殿の事を摑《つか》もうとしていた。

戦国の頃、甲賀は武功をあげ、天下に忍び一族の名を知らしめた。そして世が治まり、徳川《とくがわ》の配下となると、多くが御家人《ごけにん》として、武家の身分を得られたのだ。

ただ、甲賀は忍びとしての、勤めを失っていった。家伝の技は役に立っておらず、このままでは一門は残っても、この世から忍びと、その技は消えてしまうのではと、案じられていたのだ。

「しかしだ」

弥九郎は、己の部屋内で曲玉を見つめつつ、一人つぶやいていた。

「我ら甲賀は、西之丸様と出会った」

静かに、亡《ほろ》びに向かっていた筈《はず》の甲賀忍びの運が、先だって不意に動いた。甲賀の上忍である弥九郎達は、徳川将軍家の世子《せいし》、家基《いえもと》との縁を得て、西之丸御殿へ出入りするようになったのだ。

その幸運を思ったとき、眼前の曲玉の光が、増したように思えた。

「まさか、忍びとして警護のお役につけるとは。望外の幸運だった」

鉄砲百人組《てっぽうひゃくにんぐみ》のお役の他に、忍び本来の姿を示せる、またとない機会に出会い、一門は沸いた。

真っ当で明るい明日が見えた事は、金よりも力よりも、忍び達に力を与えてくれたのだ。弥九郎達に、一門の皆もこぞって、夢を託してきた。

なのに、だ。

「はあっ……」

弥九郎は先日、西之丸との大事な縁を、自ら断ち切ってしまったのだ。思わず溜息を吐《つ》いた途端、曲玉が揺れ、光が陰った。

「おれ達忍びは医術を心得、毒と薬に強い者だ。だから戦国の世が終わった時、多くが医者になった。そういう立場を、疑問に思ったこともなかったが」

だが、日々番所に座っていた者達が、西之丸御殿で勤めるようになると、その当たり前の事に、厳しい目が向けられた。家治《いえはる》将軍の、ただ一人の和子《わこ》の側に、毒使いがいるのは剣呑《けんのん》だと、弥九郎は言われたのだ。

「危ない者だと厭《いと》われても、我らは医術の技を、忘れる事などできぬ。毒はその一部だ」

そして、甲賀がいる故、西之丸に敵方の忍びが集まってはいけない。弥九郎達は結局、己から御殿を去る事になった。他の道は見えなかったからだ。

だが、やっと巡ってきた、甲賀の希望を潰してしまい、弥九郎、十郎《じゅうろう》、蔵人《くらんど》の上忍三人は、身内から癇癪《かんしゃく》を向けられた。弥九郎など、怒った父から部屋を追い出され、組屋敷の空き部屋に放り込まれた。もう何日も、暇と寂しさを持て余しつつ、外にも出られず内職をしているのだ。二つ目の勤めを持つなど、やはり望外のことだったかと、気落ちしてくる。

「忍びの技が、昔話になる日も近いか」

甲賀衆がどうあがこうと、それが定めなのかも知れない。組屋敷の片隅で弥九郎は、そう漏らすようになった。

ところが。

弥九郎は今日、傘張《かさは》りの内職を脇へ押しやり、懲《こ》りずに、忍具《にんぐ》である曲玉を取り出しているのだ。

謹慎してはいても、飯は食わねばならない。菜や、煮豆などを買った時、弥九郎は振り売りから、とんでもない話を耳にした。

「西之丸様が、突然不調となって寝込まれたそうで。お武家方が噂してました」

少しばかりの不調なら、西之丸の事が、表へ伝わる筈もない。不安を抱えた後、更に他の忍び達も、厠《かわや》や井戸の近くで、剣呑な話を伝えてきた。

「鷹《たか》狩《が》りの途中、猪《いのしし》に襲われ、西之丸様が大怪我をしたとの話を聞いたぞ」

「西之丸様が、突然疱瘡《とうそう》になり、死にかけているそうだ」

流行病《はやりやまい》の噂は聞かないので、さすがに信じなかったが、弥九郎の胃の腑《ふ》は痛んだ。

「大丈夫なのだろうか。そういえば前に西之丸様が、腹が張ると言われた事があったな。病の噂は、本当なのかも知れない」

事実でなくとも、危うい噂が重なる事自体、良い事ではなかった。だが西之丸の身が案じられても、組屋敷から出る事すらできない。ならば、どうするか。

「今の今、亡びるものだと考えたのに。結局忍びが頼るのは、己の技か」

占いならば部屋内でなせると、弥九郎は曲玉を手に取ったのだ。

印を結び、曲玉を付けた紐《ひも》を垂らすと、昼間なのに、半ば透き通った石が光を含む。曲玉は弥九郎の前で、僅《わず》かに動き始めた。玉へ静かに言葉を向ける。

「西之丸様のご様子を、見せてくれ」

弥九郎の曲玉の技は、名手である十郎の占術とは違い、戦いの武器になる程の強さはない。

そしてこの時も……じき、曲玉は動きを止め、弥九郎は僅かに顔を曇らせた。

「やれ、己の術が頼りにならないとは情けない。占術は、もっと磨いておくべきだったな」

曲玉の占いならば、友、十郎を頼れば良かったので、つい他の技に時を割いていたのだ。

弥九郎は、落ち着けと己に言い聞かせた後、占い方を変えてみた。弥九郎の占いは元々、二択の問いの方が当たりやすい。

「西之丸様に実際、危機が迫っているのか、否か。曲玉、どちらなのか示してくれ」

ところが曲玉は動かず、弥九郎は呆然《ぼうぜん》とした。二択で玉が動かない事は珍しく、不安は増してゆく。

「いや、たまたまの事に違いない」

弥九郎は己にそう言い聞かせ、更に印を結んでみる。だが曲玉は、がんとして動かなかった。

「……何故《なにゆえ》だ？　西之丸様が、甲賀と近しい方になったからか？」

どうしてこうも答えが出ないのか、納得がいかない。つい何度も繰り返してしまい、気がついた時、曲玉が見た事の無い色に変わっていた。

「うっ、まずかったか」

ひやりとし、止めようとした時、いきなり目の前が白く弾けた。

「ひっ」

弥九郎は、声と共に部屋でひっくり返り、動けなくなった。暫《しばら》く、起き上がる事すら出来ない。目を見開くと眼前が、何故だか曲玉の色に染まっている。

（何が起きた……？）

西之丸のことは、とんとわからないまま、占いが終わった事を知った。

二

一人きりで謹慎中だったから、弥九郎は部屋で、ひっくり返ったままでいた。随分長い間、手も足も、全く動かせなかったのだ。

だが遠くから鐘の音が聞こえた後、思わぬ声が近くで聞こえ、ようようそちらへ、顔を向ける事が出来た。

「おい弥九郎、どうした。大丈夫か？　まるで死体みたいに見えるぞ」

十郎と蔵人が、部屋に現れ、こちらを見下ろしていたのだ。何とか頷《うなず》くと、起き上がるのに手を貸してくれる。

「ああ……心配ない。お主らこそ、昼間からうちへ顔を出していいのか？」

御殿勤めを勝手に辞めたのは、弥九郎であった。しかし友二人も共に、西之丸御殿にいたから、一門から同じように、謹慎の処分を喰らったのだ。

己は鉄砲百人組同心の禄《ろく》、三十俵二人扶持《ぶち》の役高を失っても、自業自得だとは思っている。

しかし、十郎や蔵人まで同じ目に遭わせるのは、嫌であった。

「少しは大人しくしてないと、長達が更に怒るぞ」

一族の失望は、底なし沼のように深いと言うと、友は苦笑いと共に頷いている。だが二人は帰らず、部屋内へするりと入り障子戸《しょうじど》を閉めた。そして部屋に上がり、畳に転がる曲玉を見ると、まずは蔵人が、思わぬ来訪の訳を語った。

「私も十郎も真面目に、傘張りをしていたのです。ですが先ほど西之丸様の、剣呑な噂を聞きました」

噂を耳にした蔵人は、他にやれる事がなく、曲玉の占術で占っていたのだ。

「私は玉に振り回されるだけで、答えを得られませんでした。だが十郎はさすがに、違ったようです」

甲賀一の占い手十郎は、答えを得ていた。しかしそれは、思わぬものであったという。

「おれは噂を聞いて、案じた。それでただ、ご無事かと曲玉に問うたのだ」

すると十郎は何故だか、己の部屋にいながら、組屋敷とは別の場所を見たという。

「暮れ六つ時に見えた。江戸城が見える内濠《うちぼり》沿いの道が、目の前に広がっていた」

そこでは星の紋が付いた駕籠《かご》が、刃物を抜き放った武家に襲われていたという。

「どう見ても、西之丸様はそこに、おいでではなかった。それに西之丸様なら、葵《あおい》のご紋が付いている筈だからな」

そういえば占いで、西之丸の名を出さなかった事に気づいた。曲玉は、問いの言葉をそのまま受け、他の誰かの危うい場を見せてきたのだ。江戸の真ん中で、武家が襲撃されるとは、穏やかならざる話であった。

「魂消《たまげ》た。どなたが襲われたというのか」

　ようよう体が動くようになった弥九郎は、皆に茶を淹《い》れてから、眉を顰《ひそ》め首を傾《かし》げた。災難に、西之丸が関わっていないならば、ほっとする。だが曲玉秘伝占術が、なぜ江戸城近くの襲撃を見せてきたのか、気になった。

「星の紋が、その襲撃の場にあったのだな。なあ、星の紋は我ら甲賀忍びの、頭《かしら》の紋ではないか。確か頭の家は九曜紋《くようもん》だったぞ」

「あ、そういえば」

　蔵人が頷く。

「甲賀の忍びが占術で、星の紋を見たのです。襲われている武家が、我らが甲賀忍びの頭であっても、不思議ではないでしょう」

　甲賀の頭は三千石ゆえ、もちろん甲賀の組屋敷に暮らす忍び以外の、己の陪臣《ばいしん》を抱えている。供の顔を見ただけで、十郎に判断は出来ない。

　ここで十郎が、顔を顰《しか》めた。

「おれが占いで、襲われたのを見たのは、頭だったのか？　となると、大丈夫なのだろうか。心配になるな」

　そもそも頭は、忍び達と縁が薄い。身を守れる程、忍びの術を使えるのかどうかすら、何故だか伝わっていないのだ。

その上、西之丸を案じて問うた十郎の占いが、どうして甲賀の頭に行き着くのか、とんと分からない。だが占った時不安を覚えた十郎が、結果をもっとよく見ようとした途端、いきなり白い光と共に大きな声がして、襲撃の場は消えたという。

「その声だが、弥九郎の声のように思えたのだ」

十郎は蔵人にも声を掛け、急ぎ弥九郎の部屋へ来てみた所、ひっくり返っている姿を見つけたらしい。弥九郎は頷くと、己が転がっていた事情も、かいつまんで語った。

「しかし訳が分からぬな。占いをした時、声が他へ伝わったというのは初めてだ」

「三人が同時に、同じ事を占ったので、占術がどこかで絡んで、繋がったのだろうか」

ならばと皆は弥九郎の部屋で、もう一度占ってみた。だが弥九郎と蔵人の曲玉は動かず、十郎は無事でいる西之丸の姿を、目にする事になった。

「ああ、ご無事みたいだ。良かった」

ただ占いは西之丸の無事を確かめる事から、既に外《はず》れてしまっている。そして新たに行った占術は、襲撃の場どころか、星の紋すら示して来なかったのだ。三人は頭を抱える事になった。

「どうしたらいいんでしょう？　江戸城近くの襲撃、気になりますね」

蔵人の言葉に頷いた後、弥九郎はふと思いつき、とんでもない案を出した。

「首飾曲玉秘伝占術を、三人が同時に占ったゆえ、占いの結果が繋がったとしたら。吊している各自の紐三つを、一本に撚《よ》り合わせて、三人で占ってみてはどうかな」

三人分の技をしっかり合わせれば、気になった襲撃の場が見えるかも知れないと言ってみる。だが十郎は、弥九郎の無鉄砲に不安を口にした。

「おい大丈夫か、そんな事をして。首飾曲玉秘伝占術は、甲賀の秘伝の技だ。ただの占いのようには御せないぞ」

しかし弥九郎には、止める訳が分からない。

「十郎、どうして戸惑うんだ？　技を合わせられなかったら、何も見えないだけの事だ」

「そうならいいが。蔵人は、心配ではないのか？　忍びの技は、合わせる事が出来るのか？　そもそも、合わせてもいいのか？」

「分かりません。技を合わせるなんて馬鹿を考えた忍びは、今まで居なかったと思います」

ならば、一度試してみようと蔵人が笑ったので、決行することになった。三本の紐を軽く絡めてから、紐の端を、それぞれが手にする。そして一斉に印を結び、襲撃と星の紋の場を占った所、直《す》ぐに蔵人が目を見開いた。

「おや、曲玉が、いつもと違う手応えです」

紐を握った指先から、弥九郎にも震えが伝わっていた。驚いて言葉を失っていると、やがて眼前に、組屋敷とは違う景色が浮かんでくる。

十郎の占術、三つ目の眼が見る光景を、己も見ているのだと分かった。

「うおっ、凄《すご》いっ。これが十郎の使う、秘伝の占術か。暮れ六つ時だな。駕籠の周りで、武家達が睨《にら》み合っているぞ」

「弥九郎、占いに強い十郎はいつも、こういうものを見てたんですね。ああ、刀を抜いた。今にも斬り合いになりそうだ」

互いに、目にしているものを口にすると、どうやら本当に同じ場を、三人で見ていると分かる。浮かんできたのは、家紋の付いた立派な駕籠と、守る者、攻める者に分かれた、武家達の攻防であった。

戦いを見下ろすように、月が輝いている。

「十郎の言っていた通りだ。この江戸の真ん中で、斬り合いが起きそうだ」

知っている橋が見えるから、場所は、神田橋《かんだばし》御門《ごもん》の側だろうと弥九郎が言う。担ぎ手を失った駕籠が、道の端に置かれていた。

「で、あの駕籠にいるのは、やはり我らが頭か？」

弥九郎が顔を顰めていると、蔵人が気がついた。

「あの、濠端に見えているのは、ただの駕籠じゃないようです。あれは大名などが使う立派な代物、乗物ですよ。十郎、三千石の頭は、あそこまで立派な乗物に、乗っておいでだったかな？」

「えっ？　さあ分からぬ」

忍び三人は、豪華な乗物とは縁が薄い。誰がどんなものに乗る事が出来るか、決まりがある筈だが、分からずに首を傾げた。

弥九郎は、夜の濠端を見つめ直してみた。そして……星の紋の主は、甲賀の頭ではないかもと口にした。

　星の紋ならば、使っている家は、他にもあるのだ。

「そう、例えば細川《ほそかわ》家の紋は、九曜紋だったと思うぞ。仙台伊達《せんだいだて》家もそうだ。それと、相馬《そうま》家も。家の紋は一つではないからな」

　他にもあると言いかけて、弥九郎は言葉を切った。身近な所で最近、星の紋を使う大名と、会った事を思い出したからだ。頭と星の数は違うが、紋は似ている。

「そうだ、御老中《ごろうじゅう》の田沼《たぬま》様も、家の紋は星の紋だった」

「おや、田沼家も星の紋なのか」

　不思議な縁だと言い、三人は一寸《いっすん》曲玉から目を離し、互いに顔を見合わせる。

　途端、思わぬ事になった。白い光と共に、見ていた濠沿いの夜が、突然眼前から消えた。そして三人は、組屋敷の部屋内でひっくり返ったのだ。

「ひっ」

　揃って口を塞ぎ、大声を防いだのは、日頃の修行のたまものかも知れない。寸の間の後、そっと起き上がると、曲玉の紐は三本に解け、握っていた弥九郎の手は痺《しび》れていた。

「魂消た。何が起きたのだ？」

　小声で言うと、曲玉の占術に引きずられたのだろうと言い、十郎が首を振っている。試したことの無い術は、危うさを伴うようだと言われ、返す言葉もない。

　曲玉の紐を絡ませた自分が、突っ走ってしまってから、頭を抱える子供のように思えて、弥九郎は他の二人に頭を下げた。

「済まぬ。もっと用心すべきであった」

大した事はなかったのだから良いと、十郎が言ってくれる。だが。

「これ以上、この占いを続けない方が良さそうだ。謹慎中に、三人揃って怪我でもしたら、長達から、何を言われるか分からぬ」

「確かにそうだな」

蔵人が茶を淹れ直し、部屋で一息吐く。

だが直ぐ、占いは止めても、事を終わりにできはしないと分かってきた。先程見た濠端の光景が、目の前にちらついてきたからだ。

「あの、星の紋の付いた乗物の主は、誰なのだろう？　そしてあれはもしかして、今日、これから起きる出来事なのだろうか」

十郎が、多分今日の事だろうと告げる。占術は、遠いことを見抜く方が難しいのだ。

「もう少し後、暮れ六つ時の事だな」

謹慎中に、現れた謎だ。このまま目を逸《そ》らす事は、簡単ではあった。だが逃げた場合、畑を耕し、傘張りの仕事を続ける日々の中で、この先又長く、今回、占術で見た事を考え続ける事になる。

弥九郎は、あの光景を目にしたのには、訳がある気がしていた。曲玉を通し、濠沿いの命を賭けた場に呼ばれたのには、きっと何か意味がある。

（我ら甲賀の忍び三人は、あの戦いの場へ行くべきなのでは？）

そして、事実を確かめるのだ。

ただ弥九郎は、諸事突っ走ってしまう己を、今しがた、反省した所だ。謹慎中に、他出したと長達に知れたら、今度はどんな事になるか分からない。

（ならば……己一人で行くか？）

既に、出掛ける事は決めていた。弥九郎はそんな己に、苦笑を浮かべるしかなかった。

三

暮れて、そろそろ提灯《ちょうちん》に火を入れようという刻限のこと。

江戸城の内濠と、武家屋敷の塀《へい》に挟まれていた道の傍ら、神田橋御門が目に出来る瓦《かわら》屋根の上に、弥九郎、十郎、蔵人の三人はいた。

謹慎中だと分かっていても、三人は甲賀の組屋敷から、江戸城近くにまできてしまっていた。

「済まぬ、星の紋を、確かめたかったのだ」

弥九郎がそう謝ると、他の二人は、自分も同罪だと言ってくる。

そして甲賀秘伝の占術は、嘘《うそ》を伝えてきた訳ではなかった。十郎の腕は、今回も見事な冴えを見せたのだ。

道を見下ろすと、江戸のど真ん中にいるというのに、信じられない危うさが目に入った。曲玉が告げてきた通り、星の紋の付いた乗物を守る家臣達が、同じくらいの数の武家に囲まれていたのだ。

提灯の用意をする余裕も無いのか、薄暗い場に明かりはない。そして旗本屋敷と濠に囲まれた道には、暮れた今、他に通る者の姿もなかった。忍び三人も物音一つ立てず、夕闇に紛れている。

対峙《たいじ》している者達は既に、刀を抜き放っている。不穏な気配が空に向け、立ち上っていた。

「星の紋の側より、それを攻める相手方の方が、気迫で上回っておるな。ただ構えから見て、互いの腕に差はないようだ」

力が互角の分、双方が刀を交えた場合、互いに無事では済まなかろうと、十郎が小声で言う。弥九郎が、溜息を漏らした。

「早く、紋の主を調べよう。我らが頭でなかった場合は、とっとと退散すべきだな」

「うむ、無茶をしては駄目だろう」

頼りになる友、今日も又落ち着いている十郎が、静かに頷く。

ところがここで、何時にない事が起きた。十郎が懐に入れていた秘伝占術の曲玉が、何故だか衣から落ち、かつんと、はっきりした音を立て、瓦の上で大きく跳ねたのだ。

「えっ?」

弥九郎は、これほど魂消た十郎の顔を、見た事が無かった。曲玉は、あっという間に屋根から飛び出し、襲撃真っ最中の場へと落ちていく。

声を失った友の横から、弥九郎が打鉤《うちかぎ》を放った。そして、今にも武家達の間へ落ちようとしていた曲玉を、宙で搦《から》め捕《と》ったのだ。

音と共に落ちてきた物が、突然消えたのだ。その事に、何人かが気がついたようで、屋根を見上げてくる。音の出所を摑めなかったのか、あらぬ方を見て、首を傾げている武家もいた。互いに睨み合っていた武家達が屋根へ目を向け、一寸場が緩んだ。

するとここで、考えの外《ほか》の事が起きた。襲撃され、周りを囲まれている中、星の紋の主が乗物から降り、薄暗い濠端の道へ出てきたのだ。

「えっ？」

その姿を見た途端、今度は弥九郎が、屋根の上で声を漏らした。

「何と、田沼の御老中が道におられる。乗物の星の紋は、田沼家のものであったか」

「あれが田沼御老中ですか。御老中が、あのように少ない供しか連れておられぬとは。弥九郎にも負けぬ無謀さですね」

すると曲玉を見ていたのか、乗物の主は過《あやま》たず、弥九郎達がいる屋根へ目を向けてくる。そして田沼老中は三人に向け、こう言ってきたのだ。

「今の動きは、忍びの技か？　ならば働き以上のものを返す。助力せよ」

「何で曲玉が消えただけで、忍びだと思ったのだ？　それに、我らが敵方の忍びであったら、どうなさる気なのか」

思わずそう言ったものの、弥九郎は大急ぎの判断に迫られ、眉根を寄せる。

田沼老中は成り上がりの育ちのせいか、おっとりした悠長さも、間の抜けた気安さもなく、やりにくい相手であった。その上、落ち着いている十郎を頼りにしようにも、未だ曲玉を落とした事に捕らわれ、十郎は老中の件に返事をしない。

「信じられぬ。巾着《きんちゃく》に入れておいた曲玉が、何で瓦の上へ落ちるのだ」

しかも曲玉はわざとらしい程、はっきりと音を立てたのだ。蔵人が、たまたまの事だと言っても、占術に秀でている十郎は納得をしない。まるで曲玉に、鼻面を引き回されているかのようだと漏らし、老中へは目を向けず、顔を強《こわ》ばらせている。

弥九郎は腹を固めて、蔵人を見た。

「ここは御老中に、味方するしかあるまい」

屋根から逃げる事は出来る。だが弥九郎達が去った後、老中が無事であったら、何者が屋根にいたのか調べられかねなかった。

「確かに、見捨てるのはまずいですね。でも」

老中に助力をしても、厄介《やっかい》ごとは生まれるかもしれないと、蔵人は言う。眼前の争いに手を出せば、目立つ。勝手に謹慎中の組屋敷を抜け出した事が露見し、一門から怒りを向けられそうであった。

「前に老中、後ろに長。どちらかの方へ逃げ出すしかないですが、双方怖いときた」

しかし蔵人はそう言いつつ、ひょいと屋根の上に立ち上がった。もう、身を隠す必要が無くなったと判断したのだ。つまり、田沼老中を救うつもりと分かった。

「仕方ないですよね。まさか双方を全滅させ、口を塞ぐ訳にもいかないでしょうし」

友が、怖い事を言ってくる。

一方十郎は、己の一部のような曲玉が、今日は手に余っているからか、口を歪《ゆが》め、未だに苛《いら》ついている。だが戦う為の目配りは、既に始めていた。

「弥九郎、田沼家へ助力するなら、ほとんどの敵方は、我らが倒すしかないぞ」

田沼家の供達は、主を守るべく乗物の周りに集まり、刀も抜いている。しかるべく動いてはいるのだが、実際に命を賭け、戦った事のある家臣は少ない様子なのだ。

「ならば、さっさと事を終わらせてしまいましょう。相手は二十人もいないようです」

蔵人が、武家達が集まっている乗物近くは、弥九郎に任せると言ってきた。

「御老中は、会った事のある忍びに守られた方が、安心なさるでしょうから」

「承知」

助けると決めれば、やることに迷いはない。友二人が先に屋根から飛び降り、列の前後へと消える。残った弥九郎は、一気に四本の打鉤を放った。供と敵方、二重に囲まれている老中の近くで、何人もが刀を落とし、囲みが崩れる。

弥九郎が素早く傍らに立つと、田沼老中が目を見開いた。

「何と、お主であったか」

ここで弥九郎は、はっきりと告げた。

「御老中、乗物に入っていて下さい」

しかし、御身が邪魔だからと言えずにいた為か、偉いお大名は言う事を聞いてくれない。よって弥九郎は、襲ってきた側が銃を持っておらず、江戸城近くの道で撃つ気が無い事を、まずは確かめた。

その後、老中に迫っていた一人の刀を打鉤で落とし、相手を思い切り濠へ投げ飛ばした。そして老中に、改めて一つ問う。

「御老中、それで今宵《こよい》は、襲ってきた相手方を、いかがなさる御所存でしょうか」

「今、一人濠へ投げ込んでおいて、何を言うのだ。敵方を生きて捕らえるのも、あの世へ送るのも、意のままだとでも言うようだ」

「あの、我らを取り囲んでいる者達ですが、忍びより弱いです」

老中は口の端を引き上げると、迷わず、殺すなと言ってくる。

「捕らえずともよい。動けないようにしてくれ」

弥九郎は一寸、戸惑った。

(江戸城近くなのも構わず、乗物に切り込んできた武家達ではないか。その相手を、切らず、捕らえずで良いのか?)

城近くに、死体が山と転がっているのはまずい。後の始末をどうするか、考えなければならないゆえと、老中は言う。この判断は、忍びがする事ではなかった。

「分かり申した」

短く返すと、まず指笛で、その指示を友二人へ伝えた。その後、老中が未だ乗物に入ってくれないので、ならば表に出ている事を、使わせてもらうことにする。

（誰が味方か判断に困るゆえ、助かる。御老中を襲って来る者が、敵だな）

刀で切り込んでくる敵方を見て、忍びとの手合わせは、慣れていないと分かる。三方から迫れば、忍びに勝てると思っている者たちとは、打鉤で対峙した。得物を巻き取られ、敵方が一寸、呆然としたとき、端からさっさと打ち倒していった。

「ほお、忍びとは、本当に強いのだな」

老中がつぶやいているのを聞き、やはり今は安穏な世である事が、身に染みる。弥九郎に言わせれば、この夜の戦いなど、強さを計れるものではなかった。

（合戦どころか、上野《うえの》の寺であったような、争いの場すら、見た事がないのだろう。それがこの徳川の世なのだ）

これでは忍びが、その器量で評されないのは、仕方が無いとも言える。しかし今夜のように、一旦刀が抜かれれば、命を守るのは己の強さであった。

一寸前まで、目の前に迫ってきていた敵が、ゆっくり倒れていくのを、老中が乗物の傍らから眺めている。そして気がつけば、離れた場にいた面々も、十郎や蔵人が片付けていた。

十郎など、今回曲玉に引き回された感覚が、怒りを生んでいたのかも知れない。何時にない程の早さで、敵方を伸《の》していたのだ。

「おお、これは見事だ」

目を見張る田沼老中に、道場での稽古と同じやり方では、命のやりとりには向かぬと、十郎が生真面目に答えている。気を失った者達は、その内気づくだろうと告げ、その者らを道に残して去る事になった。

「もう、かなり暗くなっております。倒れている者達は夜に守られ、騒ぎになる前に、去る事が出来るでしょう」

担ぎ手である陸尺《ろくしゃく》が逃げてしまったので、家臣らが不慣れな様子で乗物を担ごうとしている。弥九郎は老中へ目を向けた。

「お屋敷まで後少しなれど、お送りします。幾らか怪我をされた家臣の方も、おいでのようですし」

「分かった」

屋敷までの残りは歩くと老中が言ったので、軽い乗物は、家臣らで何とか運ばれてゆく。神田橋御門を渡ると、じき、田沼家の門が見えてくる。弥九郎達は門前で辺りへ目を配り、余人がいないか確かめた後、頭を下げた。

「では、我ら甲賀はこれで」

供に守られていたとはいえ、大勢の標的にされたのは、田沼老中であった。疲れていようと、挨拶《あいさつ》もそこそこに辞すことにしたのだ。

ところが、驚く事になった。門が開けられると、田沼老中は手の仕草で、大名屋敷の内へ入るよう、三人に促してきたのだ。

「なぜ謹慎中の三人が、夜の濠端にいたのか。きちんと話してから帰るように」

弥九郎は、思わず聞き返す事になった。

「あの、御老中は我らの謹慎のこと、何故ご存じなのでしょうか」

三人を謹慎させたのは甲賀の長であり、表向きは病ゆえとして、役目を他の甲賀者と代わっているのだ。

十郎、蔵人も、揃って驚きの顔を、老中に向けるしかなかった。だが応えなどなく、老中はさっさと門の内へと消えてゆく。

三人は供揃えの後に続く形で、大名家の門の内へ、足を踏み入れる事になった。

四

弥九郎、十郎、蔵人は思いがけなくも、田沼老中の難儀を救う事になった。

三人の働きは、曲玉に引っ張られての事だったから、もちろん、褒美《ほうび》目当てではない。ただ老中は〝働き以上のものを返す。助力せよ〟と、三人へ言った。確かに言ったのだ。

よって事が終わった後、甲賀の組屋敷へ戻る途中、三人は、どうしても老中の言葉を思い起こすことになった。

「御老中は、我らに何を下さるかな」

嘘を吐くような御仁《ごじん》ではない。ただ礼は、金一封かも知れぬし、上菓子の一箱という事もあり得た。

「期待をし過ぎぬ方が良いでしょう」

蔵人の言葉に、二人が頷く。それでも、この後また、謹慎の日々に戻るのだ。暇になるゆえ、道々つい考えてしまう。

だが江戸城の濠端近くから、甲賀者の組屋敷へ帰り着くと、魂消た。部屋に、恐い顔をした親が待っていたのだ。弥九郎の頭から、褒美の話は消え去った。

「うわぁ、しっかり他出が、知れておりましたか」

にたりと笑った親は、大層不機嫌に思えた。

「弥九郎は我慢が足らぬゆえ、夜、出掛けるだろうと思っておった。だが、三人揃って他出するとはな。どこへ行っていたのだ」

気晴らしに、近くの屋敷の屋根で飛び回っていたにしては、遅い帰宅だと父は言う。その声が、酷《ひど》く低かった。

「早う答えよ」

重ねて聞かれたので、正直に答えるしかないと分かった。誤魔化《ごまか》して、後で行った先が分かったら、騒動を大きくしてしまう。

弥九郎が今夜のことを話すと、親の目が丸くなった。

「は？　田沼御老中の難儀をお救いした、だと？　それでお屋敷へ、伺っていたとな」

「今回は、御老中から直々《じきじき》に、屋敷に入るよう言われました。よって門から入りました。騒動は起こしておりませぬ」

「…………」

きちんと告げたし、夜も遅いというのに、何故か長の屋敷へ向かう事になった。すると驚いた事に、十郎と蔵人も、家の者と顔を出してきたのだ。長は一門の、与力《よりき》の何人かまで呼び、弥九郎は溜息をかみ殺す。

（やれ、こんなに早く、騒ぎになるとは思わなかった。これじゃ今夜は、いつ寝る事になるのやら）

出来たら田沼家から、礼の事を言ってくるまで、余分な事を言わずにおきたかったのだ。金品があった方が、親たちの不機嫌が、少なくて済む気がしていた。

ただ三人の無謀を知った後、甲賀のお偉方は、夜の他出を褒《ほ》めも怒りもしなかった。

長達は、〝働き以上のものを返す。助力せよ〟という老中の言葉が、幸運に化ける事があるか、そこに目を向けたのだ。

「先日弥九郎達は、西之丸様とのご縁を失い、甲賀の明日を揺るがした。その馬鹿を、帳消しに出来る程の運を、また摑んだと言うのなら、三人の謹慎は解く」

弥九郎、十郎、蔵人には、良きにつけ悪しきにつけ、並とは違う運が来ていると、長は言ったのだ。

「しかしだ。金子《きんす》を少しばかり頂き、終わるような話であったら、その時はお主達の運も、それまでかな」

三人の家は、弟や親戚が継ぐよう手配をするかも知れぬと、怖い事を付け足して来る。弥九郎は、急ぎ腹に力を込めた。

「その、それは余りと言いましょうか」

じろりと、長から睨まれた。

「我ら忍びの技は、実際役に立って、初めて評されるものだ。どんなにご立派な技を使おうが、用をなさぬなら、笑い話にもならんわ」

三人がやらかしてしまった結果は、三人が受け止める事になる。長からそう言われたので、弥九郎は久々に、己でも馬鹿だと思う事を、正面から口にした。

「ならば言いますが、西之丸様とのご縁は、そもそも、我ら三人が機会を作った事です」

弥九郎達が、その大事な望みを壊したことで、一門が落胆したのは分かる。だから弥九郎は今まで、大人しく叱責されてきたのだ。ただ。

「甲賀一門は、西之丸様との縁が消えても、以前からの立場を何も失ってはおりません」

「おい弥九郎、止《よ》せ」

十郎が小声で言ってきたが、弥九郎は、一門の偉い面々を睨んだ。

「なのに都合が悪いことのみ、こちらの責だという。我らを責めるのなら、ご自分達で、まず一門を盛《も》り立ててからにして下さい」

甲賀の三人衆と言われようが、己から名乗った訳で無し、知ったことではない。一門の先々を変える程の好機など、目の前で煌《きら》めいたとしても、必ず得られると決まっている訳もなかった。

「弥九郎っ」

「十郎、まるで罪人のごとくに言われるなら、何もやらなければ良かったと思わぬか。どんな機会が来ても避けて、ただ昨日と同じことだけしていれば、しくじりはない。若隠居をさせるなどと、言われる事はないのだ」

「情けないことを言うなっ」

怒りの声と共に、長の煙管《きせる》が飛ぶ。弥九郎が僅かに身を揺らし避けたので、火の付いた煙草《たばこ》が落ちて畳を焦がした。

「わあっ、長っ、止めて下さい」

悲鳴を上げ、慌《あわ》てて火の始末をしたのは、蔵人だ。今日の弥九郎は、相手が長でも、大人しくしていないので、顔が引きつっている。

長は伯父であったから、若い頃それは強かった事を、弥九郎は承知している。だが珍しくも長相手に、腹が立っていた。

「もうお年なのだから、喧嘩《けんか》など売らないで下さい。それとも、手を抜いて対峙して欲しいのですか」

言った途端、部屋内に痺れるような緊張が走り、与力達が座から腰を浮かして構えを取る。弥九郎一人で、相手をする事になると思っていたら、直ぐに友二人が、弥九郎に加勢する構えを取った。

（有り難い。だがこれでは、三人まとめて隠居と言われるのも、無理ないか）

そして、一つ得心した。こうして本気で相手を計って初めて、己達三人を相手に出来る忍びは、既に甲賀にはいないと分かった。驚く事に、そういう日が来ていた。

（ただし、本気でやり合うならば、だ）

田沼老中を、守った時のようにはいかない。同門の忍びと、さほど大きな力の差があるわけではなかろう。力を出し切らねば勝てぬ相手だと、戦いは激しいものになる。

（それが分かるから、動けないな）

怒りを相手へ向けたものの、どちらも争いを始められない。長の屋敷内では、時が止まる呪いでも掛けられたように、誰も動かなかった。双方、しばしの間そのまま固まり、一言も話さない。

そして……そして。

突然さらりと、座を風が抜けた。

続いて、ぱん、という小気味の良い音がしたと思ったら、側で蔵人が頬《ほお》を押さえた。

「夜遅く、何を騒いでいるのです。やりとりが我が家にまで、聞こえてましたよ」

魂消た事に、長の部屋に、吉乃《よしの》が現れていたのだ。弟の頬に平手打ちを喰らわした後、吉乃は眉根を寄せ、長達へ目を向ける。

そして溜息を漏らしたところ、座が、はっきり分かる程、緊張を解いた。何人かの与力が、どすんと腰を落とす音を立てた。

「長、今回の事は、長が悪うございます」

吉乃が言い切った。

「訳は、弥九郎殿が言った通りです。しくじりをしたら若隠居になるのでは、何も出来ません。一門の明日のために動く者が、いなくなりますわ」

それから、弟の蔵人と十郎へ目を向けると、突っ走る弥九郎を止める役目は、友二人がせねばと、恐い声を向けたのだ。弟達が頭を下げ、場がもう一段緩んだ。その機を逃さず、弥九郎も畳に頭を擦《こす》り付ける。

「情けない事をいたしました。申し訳ありません」

やがて、多くがほっと息を吐くと、やれやれ終わったかと、長が頭を掻《か》いている。そして長は、ちとやり過ぎたかと言い、弥九郎達へ目を向けてきたのだ。

「我らが、無茶を言った事は分かっておる。丁度時期が重なったから、お主達には手柄を立てて貰いたいと、つい思ってしまったのだ」

「はて、時期とは何でしょう」

落ち着いた声になって、十郎が問う。すると与力達が、目を見交《みか》わしている。

長が、あっさりと語った。

「次の甲賀忍びの長として、一門のこれという者を、わしの養子に取ることにした」

その事を、長は与力達へ既に告げていたのだ。三人はその候補だと、初めて言われた。

「はい？　我らは甲賀の上忍ですが、同心です。与力ではありませぬが」

長にはなれないと言うと、伯父が口元を歪めている。

「我が大野《おおの》家には、息子がおらぬ。つまり養子に任せる気で、娘はとうに嫁に出した」

養子ならば、同心の家の生まれでも与力になれる。他の与力達も、異論はないと言う。

だが忍びは、今も戦いの技を伝えている者であり、並の武家とは違う。生まれついての長でないから、一門に何かをもたらす者であって欲しいと、長は思っていたらしい。

「西之丸への、出入りの話が来た時、余りに望外の件で、叶わない事もあろうとは考えた。だがな、それでも先々の望みを見つけたのだ。だから三人の内から養子を取ろうと、我らは話していた」

そう算段を付けた時、何を思ったのか弥九郎が己から、甲賀の望みを打ち壊してしまった。格好が付かなくなった長は臍《へそ》を曲げ、三人を若隠居させるなどと言い出したのだ。

「おまけに弥九郎ときたら癇癪を起こし、今日は、我らに食って掛かった。十郎も蔵人も、弥九郎を止めずに、加勢する始末だ」

長が、うんざりした顔になっている。

「先々、上に立つ立場の者は、もっと落ち着いていて欲しいもんだ」

「そういうお考えでございましたか」

吉乃が頷き、事情が分かった事で、ようよう事が終わっていくのを知った。弥九郎はまた頭を下げたが、しかし畳を見ながら、溜息を漏らした。

（次の甲賀の長とは、驚いた話だ。正直に言うと、友二人のどちらかで、良いのではないか？）

長というのは、合議で物事を決めていく甲賀においては、まとめ役なのだ。忍びとしての強さより、別の才が必要だと思う。弥九郎より、諸事落ち着いている十郎が、適任のように感じた。

ただ、そんな事を言い出したら、逃げるのかと長に言われ、また一悶着起こりそうで黙り込む。今日、弥九郎はもう十分、上の者達に逆らっているのだ。

（まあ、長が隠居するまで、時はまだ大分あるだろう。それまでの間に、何となく決まってゆくさ）

長い一日で、いささか草臥《くたび》れており、これ以上騒ぐ気になどなれなかった。だがふと、今日、そういう弱音を言わなかった者の顔を思い出した。

（なのに田沼様は帰宅後、我らをお屋敷へ入れ、話をお聞きになった。もうお若くはないのに、大丈夫だったのだろうか）

老中はただ、やらねばならないことをなしたのだろう。その強さが一介の旗本を、大名にまで押し上げたのかと思い至る。

だが甲賀の者達は、疲れにさっさと音を上げ、解散となる。

（ああ、何とか眠れそうだ。助かった）

友二人に深く頭を下げると、どちらも弥九郎の肩を叩いてから消えた。長の屋敷から出て、夜の空を見上げた時、これで謹慎は解けるのだろうかと、弥九郎は首を傾げた。

（しかしだ、確かに我ら三人には、妙に多くの事が巡ってきている気がするわ）

人でも一族でも、長い年月の間に、そういう時期が来ることはあると思う。良きにつけ悪しきにつけ、だ。

それが甲賀と己に何をもたらすのか、弥九郎には、まだ分かってはいない気がした。

五

田沼老中と夜の道で遭遇してから、二十日ほどが過ぎた。不思議に思えたのは、その間、老中から連絡一つ、無かったことだ。

甲賀の忍びのことなど、忘れられたかとも思ったが、そういう手抜かりは、あの切れ者の老中にはふさわしくない。

天下の老中を、命のやりとりから救ったのだ。その礼をすると言ったのに、例えば金などを惜しむ人柄とも思えない。友三人は畑を耕しながら、首を傾げていたのだ。

ただ三人の謹慎は解かれ、弥九郎達は、また勤めに出るようになった。

するとある日、弥九郎達三人は驚くことになった。何と、縁が切れた筈の西之丸御殿から、甲賀の長へ知らせが入ったのだ。

「弥九郎、十郎、蔵人は、西之丸様へご挨拶に伺うように。何のお話があるのかは、書状に書いてはいなかった」

将軍家のお世継ぎから来いと言われれば、行くのみだ。しかし、側を辞してから一月は間が空いているのに、突然呼び出されれば緊張はする。

「一体、どんな御用で、呼ばれたのだろうか」

だが考えてみても、さっぱり分からない。弥九郎達三人は翌日、早くに甲賀の組屋敷を出ると、西之丸の御殿を目指した。

江戸城西之丸の御殿は、忍びが勤めで江戸城の百人番所に出ても、目に出来る場所にはない。百人番所は、本丸の大手御門《おおてごもん》をまずくぐり、大手三之門《さんのもん》もくぐった先、中之御門《なかのごもん》の向かい側にあった。

対して西之丸は、そこから中之御門の前を過ぎ、御金蔵《おかねぐら》前から富士見櫓《ふじみやぐら》の傍らを過ぎて行った、更に先にあるのだ。本丸御殿の端を一旦右手に折れ、蓮池御門《はすいけごもん》を過ぎ、内濠を渡ると、左手に見えてくる。

あるいは濠の外側から、身分高き方々の役宅前を通って、かなり歩いて行くしかない。

よって、久々に入る事の叶った御殿へ目を向けると、長く出入りしていた訳でもないのに、懐かしさがこみ上げてきた。

しかし、通された御小座敷《おこざしき》の部屋内で待っていたのは、西之丸と、西之丸小姓組《こしょうぐみ》、恵吾《けいご》の厳しい顔、書院番《しょいんばん》兵藤《ひょうどう》の、探るような物言いであった。

ただ、側付きの二人に恐い顔をされても、弥九郎はとりあえず、ほっとしていた。不例と噂があった西之丸が健勝で、笑みを浮かべ、目の前に座っていたからだ。

「本日は拝謁《はいえつ》のお許しを頂き、ありがたき幸せと存じます」

三人は頭を下げ、精一杯丁寧な挨拶をしたが、その後、長く言葉を掛けられなかった。

（はて？）

困って、少し顔を上げ、側付きの恵吾や兵藤へ目を向ける。すると何故だかその二人は、不機嫌な様子で忍び三人を見ており、首を傾げることになった。

（何なんだ？　縁の切れた我らを、わざわざ呼び出したのだ。顔を見せたら、直ぐに何か、言葉があるかと思っていたが）

しかも、西之丸が黙っているのはともかく、恵吾や兵藤まで一言もない。弥九郎は戸惑い、友二人と目配せをした後、思い切って呼ばれた事情を問うことにした。もちろん、西之丸へ声は掛けられないから、相手は側付きの恵吾だ。

「あの、今日、こちらへ呼んで頂いたのは、いかなるご用件があるからなのでしょうか」

途端、問いを向けられていない兵藤の顔が、赤鬼のようになった。すっくと立ち上がると、両の足を踏ん張って、忍び達へ怒りの声を向けてきたのだ。

「このたわけっ。お主らが、話したいことがあるから伺いたいと、わざわざ御老中田沼様を仲立ちにして、頼み込んで来たのではないかっ」

危ないからと、己ら忍びを遠ざけるよう言った者が、西之丸御殿に、今更どういう用があるのかと、向こうから問いを向けられる。まさか己達が西之丸側から、来た訳を聞かれるとは思わず、弥九郎は一瞬言葉を失った。

それからおずおずと、何故、田沼老中の名が、ここで出てくるのかと、兵藤へ問うたのだ。

すると、ここで苦笑したのは、西之丸、その人であった。

「おやおや。甲賀の忍び達は、我らが己達を、呼び出したと思っておるようだぞ」

すると、恵吾が断言する。

「そんな事はしておりません。甲賀の側に用がないのなら、このまま帰しますか」

今にも、帰れと口にしそうな恵吾を、西之丸がやんわりと止めた。

「恵吾、焦るな。我らは田沼老中から、甲賀の者達が言上したいことを抱えているゆえ、会ってやってくれと頼まれたのだ。顔は見たが、何も聞かずに帰しましたとは、老中に言えぬよ」

「あ……そうでございました。確かに御老中のことを、考えねばなりませんな」

恵吾ときたら、甲賀の忍び達はなぜ、さっさと用件を口にしないのかと、また大真面目に口にする。

だが、そう問うた後、恵吾は直ぐに首を傾げた。訳が分からない事が、あったらしい。

「しかし不思議だ。御老中がどうして、甲賀の為に動いたのだ?」

いや忍びは、田沼老中へ頼み事をしたようだが、そもそも、どうやって会ったのか。恵吾が、甲賀の面々を見てくる。

「それにだ、あのお方と会えたのなら、わざわざ西之丸へ頼み事に来なくとも、御老中ご当人に頼めばよかったではないか」

口利きを願うような事で、田沼老中が叶えられない事など、およそ思いつかないと恵吾は言い切る。すると横から、今度は兵藤が口を挟んできた。

「弥九郎、お主が先に、大名家へ入りこみ、田沼様とお会いした事は、知らせを受けた。だが一度会ったからといって、たかが忍びの頼みを、気軽に引き受ける方ではあるまいに」

田沼は老中であり、大名なのだ。一方甲賀の忍びは、将軍に目通りも叶わない身分の、御家人であった。

「どうやって、御老中に仲介を願ったのだ？　話せ」

この時、十郎が蔵人と目を見合わせる。三人は、何か妙な事になったこの訪問を、なるだけ分かりやすいものに変えようと、御小座敷で頑張ってみた。

「その、今回の事の始まりは、この十郎の、曲玉秘伝占術でございました」

「は？　何が言いたいのだ？」

「兵藤、まずは聞いてみなさい」

西之丸の言葉で座が静まったので、十郎が続きを語ってゆく。曲玉は占っている途中、何故だか意外な場を十郎へ見せてきたのだ。

「曲玉が見せたのは、神田橋御門近くの濠端でした。暮れたばかりの刻限、とある乗物が、武家達に襲われておりました」

その乗物には、星の紋が付いていたのだ。ただ紋は小さく、七曜なのか九曜なのか、はっきりしなかった。

「甲賀の頭の紋は、九曜紋でございます。よって甲賀の頭に関わりありやと、我ら三人は、神田橋御門近くへ向かってみたのです」

「何と。不思議な話を聞く」

西之丸が、目を見張っている。

濠端へは行ったが、乗物への襲撃が、その日起こる事だと、確信があった訳ではない。しかし首飾曲玉秘伝占術が、わざわざ星の紋を見せてきたのだ。三人は、事を確かめずにはいられなかった。

「分かった事から申し上げます。星の紋が付いた乗物の主は、我らが頭ではございませんでした」

何と、田沼老中であったのだ。

「お、そうだった。田沼様の御紋は、七曜紋だったな」

恵吾や兵藤が頷いている。甲賀の三人は、眼前で知った御仁が襲われていた故、助ける事になったと告げた。

「御老中のお考えで、相手方を殺《あや》める事も、捕らえる事も、しておりません。はい？　何故捕らえ、襲った事情を聞かなかったと言われるのですか？　訳は、御老中にお聞き願います」

田沼家の供にも、多少の怪我人は出たが、襲撃は切り抜けた。その夜、田沼老中は甲賀の三人に、礼をすると口にしたのだ。

「正直に申し上げれば、包金など頂けるかもと、いささか期待しておりました。しかし、何日経っても、何の知らせもございません」

　さては忘れられたかと思っていた時、突然、西之丸から呼び出しがあったのだ。

「こちらに伺ってみれば、御老中が我らを、この場に誘ったとのこと」

　驚いてはいるが、田沼老中が、忍びを西之丸御殿へ来させたと言うなら、意味のない話では無かろう。しかし。

「我らは御老中に、西之丸で話したいことがあるとは、申し上げておりません」

　どんな望みを、ここで話すべきなのか。十郎が、困った顔でそう話をくくると、西之丸が口の片端を引き上げる。何故だか、楽しげな顔になっていた。

「さて、困った事になったぞ。田沼老中はわざわざ、要《い》らぬ事をする者ではない。我らは甲賀者と、どんな話をすべきなのだろう」

「甲賀のたわけが。訳の分からぬことを、持ち込みおって」

「えっ、お叱りを受ける事になるのですか？」

　弥九郎は、必死に訳を考え……しばし後、ふと、語るべき事があると思い至った。しかしそれは、老中が自分から話した事ではなかったから、西之丸へ、確かな事のように語っても良いものか、迷ってしまう。

（それにこれは……警護の者などに、聞かれるのもまずい話だ）

　戸惑いの目を、何度か側付き達へ向けていると、正面にいた西之丸が、こちらの仕草に気がついた。すると、恵吾と兵藤が居ればいいと言い、それ以外の者を、一旦側から離してくれたのだ。

「西之丸様、いかがされましたか？」

恵吾が戸惑いの声を上げると、御殿の主は弥九郎を見つめてくる。

「忍びには何か、話したい事があるようだ。だが事には、老中が関わっておる。なるだけ、余人に聞かれぬ方がよかろうと思う」

ただ西之丸へ話した事は、恵吾と兵藤には伝わる。よって二人は部屋に残すと言われたので、弥九郎は頷いた。その後、田沼老中が甲賀者を、この西之丸へ来るよう仕向けた事情について、己の考えを語り始めた。

「江戸城の濠端で、乗物が武家に襲われたおりの事です。御老中は忍びに、相手方を殺めさせも、捕らえさせもしなかったと、先ほど申しました」

弥九郎としても、不思議に思った事だ。そして今日、西之丸御殿へ来た事で、その事情を一つ、思い付いたと告げる。

「御老中が、今回の輩《やから》に襲われたのは、初めてではなかったのかも知れませぬ。よって、相手が誰だか、とうにご存じなのかも」

「おや、誰が天下の老中を狙うというのだ？」

御殿の主に問われたので、小声で考えを述べた。余人がいる場で、なかなか口に出来る名ではなかった。

「松平《まつだいら》定信《さだのぶ》様かと。いや主になる筈の若君を失った、田安《たやす》家の方々というべきでしょうか」

途端、御小座敷が静まる。構わず続けた。

「定信様が、田安家から養子に行かれた件に、田沼様が関わっているとの噂を、聞いたことがございます」

それが本当の事か否かは、関係がなかった。定信や田安家がそう信じていれば、遺恨が残っていても不思議ではない。定信は養子に行った事により、先々将軍になる資格を失ったのだ。

どちらの家の者が老中を襲ったとしても、根は同じであった。

「将軍職への望みを失った件は、生涯忘れられぬ事なのでございましょう」

弥九郎がはっきり言った時、恵吾が顔を顰め、西之丸様の前で言うべき話ではないと、釘を刺してくる。弥九郎は頷き、老中も同じように考えていたと話した。世子の西之丸がいる。なのに一橋家も田安家も、将軍職についての望みを考えるべきではないと、口にしていたのだ。

「御老中が、将軍家跡取りについてのお考えを、お主へ語ったというのか？」

「はい。おそらく、身分あるお方へは、却って話しづらかった事と存じます」

西之丸が、じっと弥九郎を見てくる。隣で蔵人が、ふと笑みを浮かべた。

「御老中は襲撃の話を、この西之丸でさせる為に、我らをここへ寄越されたのかも知れませぬな」

定信や田安家への疑いは、老中の口から出れば、大事に化けてしまう。田沼老中が人を疑えば、その噂だけで、とんでもない騒動へ化けかねないのだ。

「ですが御老中は西之丸様へ、ご自分が味方だと、お伝えしたかったのかも知れません。田沼御老中は誰より、西之丸様のご健勝を、願うお立場なのだと思われます」

　西之丸が無事将軍になるか、嫡子の和子を持てば、定信の遺恨は薄れるに違いないからだ。養子に行かず、田安家に止まっていても、将軍になれなかったとしたら、田沼老中を恨んでも仕方がない。

「おや、それは確かに」

　兵藤が口を歪めている。弥九郎は、ほっと息を吐いた。

「我らはこれで、御老中の御用を、済ませたように思います」

　ただ、これが老中の褒美だと言われても、何か妙な気がすると、弥九郎は口にしたのだ。すると西之丸が笑って、田沼老中は本丸中奥で、西之丸へ頼みごとをしただけではなかったと言った。将軍にも目通りし、珍しくも心配事を告げたのだ。

「甲賀者が西之丸から離れたのは、忍びが、毒を使うとの噂ゆえだ。老中は、忍びが西之丸から、全て消えた事を知っておった。そして弥九郎、その話を心配していたのだ」

「心配、でございますか？」

　田沼老中は思わぬ方へ、話を運んだ。西之丸を去った甲賀の忍びは、考えに抜けた所があると、口にしたらしい。

「おや、我らは間抜けをいたしましたか」

「全ての忍びを、西之丸の者達が排除出来るのなら、甲賀の考えは正しい。しかし他から来る忍びを、今、西之丸にいる者達が防ぎきれなんだら、忍びの居ない西之丸はどうなるのか。その危うさを、考えておらぬと言ったそうだ」

「…………」

忍びの血筋は徳川の世になっても、大勢いる。そして戦国以来、大名家にも多くの忍びがいるはずなのだ。故にだ。

「お世継ぎの為、毒を見抜き、敵の忍びに対処出来る忍びが、西之丸御殿には必要だ。老中は父上へ、そう口にしたのだ」

この話には将軍も納得し、西之丸へ忍びが出入りする許しが、改めて出たという。恵吾は忍び達を見ると、御老中が口にされたそのお言葉が、今回の、甲賀への礼だろうと言った。

「よってその内、折を見て戻るよう、甲賀へ伝えようと、御殿で話が出ておった。なのにお主らが、余りに早く押しかけてきたので、どういう所存か、聞いてみたのだ」

「ですから、こちらへ顔を出すよう図ったのは、我らではございません。御老中でして……」

西之丸へ戻れるかも知れないと言われ、弥九郎達は呆然としつつ答えた。つまり老中は大奥や伊賀《いが》を、とりあえずは黙らせる目処をつけたのだろう。

それで、分かった。

(これだ。御老中こそ、甲賀が必要としている力をお持ちの、味方になって頂きたい方だ)

西之丸は忍びと毒の関わりが騒ぎになった後ゆえ、甲賀者を直ぐに、正式なお役に就《つ》ける訳にはいかぬと告げた。よって甲賀は元のように臨時の形で、御殿へ戻すという。

「それにだ、祝い事でもあれば、お主達の立場も、何とか出来よう程に」

例えば、西之丸が世継ぎを得たり、将軍になった場合、甲賀には正式に、新しい明日が開ける訳だ。

「は、はいっ」

驚きで、三人の声が裏返った。額を畳に付け礼を口にした時、笑う老中の顔が、頭をよぎって消えた。

そして十郎がそっと、曲玉を手にしている姿が、目の端に入った。

(この運を引き寄せたのは、あの曲玉かも知れぬ。甲賀の曲玉が、一門のために動いたのか)

あるはずのない話が、ふと頭に浮かんで消えた。

六

この後、弥九郎達は田沼家へ、御礼の挨拶に向かった。気張った値の上菓子を、風呂敷に包んでいく事になった。

そして後日、弥九郎達三人は、今度は餅菓子を重箱に詰め、以前顔を出した事のある、忍びの組屋敷へと向かった。

餅菓子は、街道沿いの茶屋などでも名物になっている、気軽な菓子だが美味い。それが山と入った二段の重箱を、根来《ねごろ》忍びの組屋敷で差し出した所、馴染みの忍び田中《たなか》が一門の長達と共に、その菓子を見つめる事になった。

客を迎えた根来の長の座敷は、結構広い筈だが、大勢の根来衆が顔を出してきたので、なんとも手狭に感じる。

根来衆は事情通が多いが、今日は、甲賀者来訪の訳をつかみ損ねており、興味から顔を見せたに違いない。座の面々はいつになく、緊張した面持ちであった。

「これは気遣いの品、かたじけない。だが弥九郎殿、どうして我らは、甘味を頂けたのかな？」

まずは、田中が問うてくる。甲賀の者が、西之丸の勤めに戻るという話なら聞いているが、根来は関係がなく、甘味を届けられる訳が分からないと言うのだ。早耳の田中からそう言われて、弥九郎達は呆れるしかなかった。

「もう、我らが西之丸へ戻る事を、承知しておるのか。いや、いつもしっかり話を摑んでくる方々だ」

だが、しかし。今日持参した菓子は、祝いの品ではないと、弥九郎は言い切った。

「これは疲れた時、一休みしてもらう為、持参したものだ。そうだな、八つ時の菓子と言ったところだ」

「ほう、甲賀が根来へ、お八つを運んできたというのか」

驚いた顔が幾つも向いてきたので、用件の続きを、十郎が話し出した。菓子は根来の組屋敷で、確かに必要なのだ。

「実はな、西之丸出入りに戻れたのには、訳がある。先日、御老中田沼様が、表で困った者達に絡まれた時、我らが行き逢ってな。力をお貸ししたゆえなのだ」

十郎は、こういう話をするのが上手いと、弥九郎はいつも思う。曲玉が見せた不思議とか、江戸城近くで老中が、二十人近くに襲われたという、言いにくい話は口にせず、ちゃんと語る事が出来るのだ。

「田沼様のお計らいは、本当にありがたい事であった。よって我らは、御老中のお役に立ちたいと考えたのだ」

藩主が老中だというのに、田沼家は表へ出たときの警護が、薄すぎた。ゆえに難儀に遭ったと、甲賀は判じた。そもそも国の政《まつりごと》を預かっている者が、表で絡まれてはいけない。

「田沼様のまわりは守りが甘すぎる。田沼家はご出世が続いておられるので、家禄が何度も増えている。藩主が老中である大名家として、家臣の数が足りておらぬのだ」

「お、おう。そうなのか」

老中とか大名とか、日頃縁の薄い言葉が続き、田中や長達が目を丸くしている。ここで十郎が、大きく頷いた。

「それでな、西之丸出入りの件で、田沼様へお礼に伺った時、はっきり申し上げた。警護を増やされた方がよろしいと」

率爾《そつじ》ながら忍びで良ければ、人を田沼家へ向かわせることは、容易《たやす》いとも伝えた。少ない人数でしっかり守る為には、腕の立つ者が必要に違いない。

「とりあえず昼間に三人、夜三人、それに連絡役に一人、田沼家へ警護役として入る事で、話がまとまった」

　当分は、臨時の警護という立場となる。

「えっ？　臨時の警護とは、どういうことだ？」

「まず、役に立つ者か、腕を見定めて頂くのだな。だが今話したように、田沼家はまだ家臣が少ない」

　お役に立てる事を示せば、家来として、田沼家へ迎えて頂けるとの言葉があった。先々、大名家の陪臣になれるのだ。

「おかげで甲賀は今、騒ぎの最中だ。次男以下が大勢、大名家の陪臣になりたいと、名乗りを上げておる」

　四人、選ばれる事になったので、まずはどうやって決めるか、そこから話し合いが続いていると告げた。

「甲賀は昔から、話し合いで事を決めるからな。皆、己の考えを言う事に慣れておる。そして同心だけで、百人おるでな」

　全部の家に、仕官を求める次男以下が居るわけではないし、直ぐ警護に出るなら、子供では役に立たない。名乗りを上げる者は、余程絞られるが、それでも大勢の中から、選ぶ事になりそうだと告げた。

　するとここで田中よりも先に、根来の長が口を出してくる。

「弥九郎殿、七人必要だろうに、甲賀は四人しか出さぬと言うのか。ならば残りの三人は、どうするのだ？　うん、そこを聞きたいぞ」

　その問いを聞いた途端、田中だけでなく、座の皆が、身を乗り出してきた気がした。弥九郎はなるだけ落ち着いた口調で話すよう、心がけた。

「その件を話すために、今日、根来へ伺い申した」

　一寸、部屋が静まった。

「正直に言えば、七人、甲賀から出したいと、一門の皆には言われ申した。多くの家が、次男以下の身が立つよう、仕官先を探しておりますので」

だが甲賀はこれから、西之丸を支えていくことになるのだ。出来たら頼れる忍び、根来の力も当てにしたい。

　そして、そういう関係になる為には、互いの事を考えるべきであった。

「おお、それは嬉しい考えだ。うん、是非そういう間柄になりたいものだ」

田中が頷いている。目に、明かりが灯ったようにも見えた。

「よって警護役七人の内、三人は、根来に任せたいと思います。どうでしょう？」

「ありがたい話だ、喜んで受けよう」

　間髪入れず返事をしたのは長老の一人で、客間の向かい側で、満面の笑みを浮かべている。田中も嬉しげであったから、そういえば弟がいたと、弥九郎は思い出した。

「役目は、田沼御老中の警護だ。選抜の方法は任せる」

陪臣を目指す事になるから、次男以下で、一門から離れても大丈夫な者という事になる。甲賀とも上手くやっていける忍びであれば、ありがたい。それらの話は直ぐに承知され、十日後には、田中と根来の長が、選んだ者を連れ、甲賀の組屋敷へ来る事に決まった。

弥九郎達三人は、これから話し合いが始まる根来の組屋敷から、早めに帰る事になった。ただ寺町の辺りまで、田中が見送りに出てくれた。

そして田中は、餅菓子を持ってきてくれた意味が分かったと、道で言ってくる。

「この後、我ら根来も、どうやって三人を選ぶのか、決め方からまず話し合わねばならぬ」

皆、警護役に興味を持っていた。話し合いは、長く掛かりそうだと言う。

「根来衆は、由緒ある忍びだが、ただの鉄砲撃ちのように言われることすらある。だが、そうでは無い事を、我らは世に示したいと思っておるのだ」

しかし、根来の力を見せる場は少ない。田中は己の弟も、警護役を望むだろうと口にした。

「十日の内に三人を選ぶなら、どうやって選ぶべきかのぉ。適当に決めたら、揉《も》めてしまいそうだ」

そんな疲れる話し合いの途中で、少し休めるように、甘味を持ってきてくれたのだろうと、田中が言ってくる。十郎が笑って、甲賀も既に、大いに揉めていると言った。

「長が早々に頭を抱えてな。餅菓子を出して一休みし、皆で頭を冷やしたのだ」

弥九郎達はそれを見たから、話をする折り、根来へ甘味を持ってきたのだ。寺の塀を背にした蔵人が笑って言った。

「警護役を御老中へ頼んだ三人、私と十郎、弥九郎の家は、お役は望みません。弟がいなかったり、年が合わなかったりで」

まとめ役に回れるので良かったと、蔵人は言う。田中は頷き、両の腕を組むと、寺の門が多く見える道から空を仰いだ。

「しかし御家人が、お役を得たり家を継ぐという事は、酷く大変だ。弟達は臨時の役ですら、競わねば得られない」

しかし、もっと上の身分なら楽かと言えば、そうばかりでもない。田沼老中は、旗本から大名にまで成り上がったが、羨望とそねみを受け、世の風当たりが激しい。それ故今、警護を増やそうとしている程なのだ。

「将軍家の、ただお一人の跡取りの君ですら、安穏とはされておられぬようだし」

西之丸もやはり、忍びを周りに新しく配している。つまり心配事が迫っているからに違いないと、察しの良い根来の忍びは言う。

それでもだ。お役の話があり、誰を選ぶか悩めるだけ、根来は運が良い。田中がそう言って笑った。

「十日後、甲賀の組屋敷へ、選ばれた三人を連れて伺うよ。これから両の忍びは、より親しくしてゆこう」

挨拶をして別れ、ほっとして道を進めば、三人はやはり、甲賀では誰が選ばれるだろうかという話を始めた。甲賀は与力や上忍達が、希望者から力のある者を推挙し、その者達が実際に、勝負をして決める事になりそうだ。

「長は、品物の奪い合いを考えているようだ。さて、どういう形になるのか」

十郎が首を傾げると、朝方、親から聞いたと言い、蔵人が細かい話をしてきた。

「根付《ねつけ》二つと櫛《くし》と扇子《せんす》をそれぞれ袋に入れ、組屋敷のいずこかに隠しておくとか。それを昼九つ、午《うま》の刻から探し始め、見つけた上、暮れ六つまで持っていた四人が選ばれるそうです」

他の者が見つけた品を、奪うこともありだということだ。ただ、誰かを傷つけた者は、その時点で不可となる。一門の内で、遺恨を残すような振る舞いは禁じられた。他の甲賀者に協力をさせる事も、厳禁だという。

「なるほど。先に品を見つけるだけでは、駄目なのだな。面白いやり方だ」

例えば十郎が加わっていた場合、曲玉の占いで、誰が品物を見つけるのか、摑まれてしまうかもしれない。

「よって先に袋を見つけても、奪われそうだな。ううむ、おれも出ていたらどうするかな」

弥九郎が悩んでいると、蔵人が別の点から、事を見てきた。

「一旦品を手にしたら、弥九郎は有利です。日暮れ近くになったら打鉤を使い、空に浮いていそうですから」

そうなったら、捕まえる事は難しそうだと、若い蔵人は悩んでいる。

「戦いの場でしたら、鉄砲で撃ち落とすという手もありますが。同門を傷つけては駄目だというし」

「おお、蔵人は恐いな」

自分達が出ない競いごとは、気軽で却って興味を引かれる。三人は青山《あおやま》甲賀町の組屋敷へと向かいつつ、どうやって四つの品の一つを手に入れるか、興味津々話を続けていった。真剣に技を競う機会など滅多になく、不思議と心躍る話になった。

ただ。

（同門内の、決まり事がある競い合いだから、皆、気を落ち着け、期待を持って臨むのだ。しかしお役に就いた後は、そうはいかぬ）

警護役の者は、江戸城近くでも臆さず、老中へ刃物を向けてくる者と、対峙する事もあろう。そして老中が危うい時期は、おそらく隠居をするまで。戦いは長く続くのだ。

（西之丸様をお守りする我らも、そういう戦いに挑むのは同じだ。腹を据えて、全てに取りかからねば）

二度と、考えに抜けた所があるなどと、老中から言われてはいけないのだ。

西之丸に和子が生まれるまでの、後何年かが厳しい。気を抜けば、命の心配をせねばならない時が続いてゆく。途切れはしない。心配が減りもしない。己が寝込んではいけない。そんな日々ばかりを、過ごしてゆくのだ。

（今度こそ、甲賀は強くあらねば）

ただ、田沼老中との縁が、急に深まった事といい、曲玉に、事を引っ張られているように思える事といい、気になる物事は多かった。何か大きな出来事へ、運命という名の下に、忍び達が引っ張られていくような気が、弥九郎はしてきていたのだ。

（落ち着け、忍びは……忍びとして働ける立場を、目指すのみではないか。ならばきっと先は長い）

弥九郎は友と組屋敷へ向け、長くくねった道を歩んでいった。

第七章

死の一報

一

ある日、江戸城勤めの武家の間に、驚愕の噂が走った。

将軍の世子にて、ただ一人の和子である西之丸が、行方知れずになったというのだ。

側仕えの者達から話を聞こうにも、主立った者達は、西之丸と共に他出しており、居場所が摑めない。徳川の世を揺るがす、あるべからざる事態であった。

もちろん、まだ西之丸に何があったのか、分かっていない。よって、危うい事が起きたなどと、憶測を口にする者などいはしなかった。勝手に語れば、世子に悪しき考えを向ける者として、捕らえられかねないからだ。

だが武家の間では早々に、そして密やかに、剣呑な噂話が巡り始めた。

〝次の将軍は、誰がなるのか〟

おおっぴらには言いにくい話が、事を知る武家の間で、あっという間に広がってゆく。

ある者は、家基亡き後の世子を、一橋のまだ幼い若君だと言った。

御三家から選ばれると、したり顔に言う者もいた。

京から親王が来ると、話す者も現れる。

松平定信が田安家に残っていれば、間違いなく次期将軍になった筈と、語る者は多かった。

まだ、西之丸を探している最中だというのに、時と共に、跡目争いを楽しむ輩すら、増えていったのだ。幾つもの家の者達が、次の世子を担ぎ始めたと知り、甲賀の忍び達は顔つきを険しくする。

そんな中、将軍家治が西之丸の為、数多の者を動かしたという話が、次の噂となって広まっていった。


西之丸が行方知れずとの話が巡る、少し前のこと。青山甲賀町にある甲賀忍びの組屋敷で、祝いの席が設けられる事になった。

先日、甲賀から四名、根来衆から三名の忍びが、警護役として田沼家で働き出した。すると十日を待たず、更なる吉報がそれぞれの一門に伝わった。何と田沼家の家老が、忍び達を気に入ったというのだ。

「うちの殿様は、ご自分の判断で、思わぬ所へ行ってしまわれる事があってな。けれど忍び達は、まかれ、置いて行かれることなく、ずっと殿の警護を続けておった」

忍びとは誠に有用な者達だと、家老は喜んだらしい。甲賀と根来の忍び達は、家老が日頃、田沼の殿に手を焼いていた事を知った。甲賀の長は、満面の笑みを浮かべていた。

「御老中の移り気のおかげで、良き話を頂けたな。御家老が七人を正式に、田沼家の陪臣として迎えるべきと、御老中へ話して下さったそうだ」

副業を持つどころか、継げる家の無かった若者の先々が、決まった。よって忍びを鍛える甲賀の道場で、甲賀と根来は、祝いの宴を設けることにしたのだ。

運の良いことに、再び西之丸御殿で働いていた弥九郎達も、祝いに顔を出せる事になった。三人の尽力で得られた勤めだから、一緒に祝うべきだと、西之丸の側付き達が言ってくれたのだ。

「暫くは行事もない。西之丸様の警護を、忍びに頼らねばならない事も、あるまいよ」

こういうとき、まだきちんとお役を頂いていない立場は融通が利くと、恵吾が笑う。弥九郎達忍び三人は、何と三日も暇を頂ける事になった。

「ありがとうございます。望外の幸運にて、御礼申し上げます」

そして甲賀の幸運は、更に続いた。祝いを開く甲賀一門の道場に、目を見張るような大きさの物が届けられたのだ。

「驚いた！　十郎、蔵人、大きな酒樽が二つも並んでおるぞ。高かっただろうに」

料理ならば、組屋敷の畑で取れたものを、工夫して作る事が出来るが、酒はそうはいかない。弥九郎が弾んだ声を上げると、年配組がにたりと笑って事情を告げてくる。

「我らの長がな、わざわざ頭の旗本屋敷にまで、慶事の報告に行った。で、祝いに酒を一樽、頂いてきたのだ。戦利品だな」

すると、気働きを忘れない田沼家からも、大きな樽を頂けたという。弥九郎は何度も頷いた。

「さすがは田沼様だな。こういう嬉しい品を、さらりと贈って下さるとは」

出世を続けてきた者の気配りは、やはり違うと、思わずにはいられない。一門に舞い込んだ幸運が、次々と良き運を運んで来るような気がして、弥九郎達は笑みを浮かべた。

「素晴らしい、祝いの日になりそうだ」

当日となり、甲賀と根来の皆が作った、精一杯のご馳走が道場に並んでいく。根来から、味《み》噌《そ》漬《づ》けや沢庵《たくあん》漬け、魚に玉子、菓子まで来たとかで、道場の席は華やかだ。夜遅くまで飲む者に出そうと、弥九郎は台所脇に七輪を出し、味噌を塗った焼き握りを自ら焼いた。

料理が気になるのか、組屋敷の子供達が中へ入ろうとするのを、母親達が止めている。

「組屋敷に並べた床几《しょうぎ》の方へも、ご馳走は配られるから。大人しゅう待ってなさい」

十郎がそう言って笑うと、子供達が明るい声を上げ、散らばっていく。何人もの若者の、先々が決まったのだ。甲賀の組屋敷は、沸き立つような笑みで埋まっていた。

そして、忍びの祝いの席には一つ、余所《よそ》とは違う決まり事があった。長は今回も、宴席が始まる前に、一門の皆と客の根来衆へ、念を押した。

「くノ一達は酌人ではないから、酒の酌をさせないこと。酔っ払ったあげく喧嘩になって、忍《しの》び鎌《がま》でも振り回されてはかなわんからな」

甲賀のくノ一達は強いのだ。妻も忍びだと、夫婦喧嘩も派手になり、男どもは嫌でもその強さを学んでいたから、文句は出なかった。

すると祝いが始まる頃、根来の客人田中が、道場から首を傾げつつ出て来た。

「弥九郎殿、酒の樽が、三つに増えておるぞ」

「はて、誰かが組屋敷にいるくノ一達の為、樽を分けたのだろうか」

「甲賀のくノ一達も、酒に強いのか。根来と同じだのぉ」

近くにいた甲賀のくノ一が、笑い出す。

「三つ目の大樽は、西之丸勤めの兵藤様から、先程届けられたものですよ」

「何と祝いの酒を、兵藤殿も贈って下さったとは」

ところがだ、弥九郎はこの時、何故だか思わず渋い顔になった。何か、噛《か》み合わないものを感じたのだ。

(何なのだ？　ただ宴席に、酒が届いただけだというのに。ありがたい話ではないか)

それでも落ち着かず、急ぎ道場へ入ると、酒樽を見て眉根を寄せた。届いた品は、田沼家や頭から贈られた物にも劣らぬ、大きな樽だったのだ。

「兵藤殿は、裕福だったかな。こうも大きな酒樽を、贈って下さるとは驚いた」

「何と兵藤殿が、その酒を下さったのですか？　あら、意外と言いましょうか」

おなごの声がしたので振り返ると、芋の煮転ばしを手に、吉乃が道場の入り口で首を傾げている。今日はくノ一の姿ではなく、娘らしいなりなのを見て、田中が笑みを浮かべた。

「これは吉乃殿、いつも麗しきかな。しかし、この酒を届けてきた御仁は、何か怪しい者なのかな？」

吉乃は田中へ、苦笑を向けた。

「いえ、西之丸にお勤めの兵藤殿は、良きお方です。ですが、その。細かく気配りをする事は、得意ではないと思っておりました」

その上、西之丸に現れた新参者《しんざんもの》、甲賀に向ける目は厳しいという。

「なのにどうして、お酒を下さったのでしょうか」

田中が見てきたので、弥九郎は酒樽から一口毒味をすると、良い酒だから、要らぬ事は考えず楽しめばいいと告げる。

ただ、己は別だと、静かに一言付け加えた。

「いや、おれだけでなく、甲賀の三人は今日、酒を抜くとしよう。その方が良かろう」

大樽の到来には、何か、事情がある気がしたのだ。十郎達にも禁酒を伝えると、二人が三つ目の酒樽を見に来る。その大きさを見て、十郎が溜息を漏らした。

「確かに、あの兵藤殿が贈って下さるにしては、立派すぎるな。こりゃ衣の下に、鎖帷子《くさりかたびら》でも着た方が良さそうだ」

兵藤からとは書いてあるが、別人が寄越したものかも知れないと、十郎が顔を顰めた。樽に一筆添えられていたが、甲賀の三人は、兵藤の字を見たことがなかったのだ。

すると吉乃が文に目を落とし、字は兵藤本人のものだと言ってくる。皆が顔を見合わせ、蔵人が問うた。

「あの、姉上は兵藤殿の筆跡、ご存じなんですか？」

「以前兵藤様は、くノ一の力を疑うような事を言われました。ですが後で、詫びの文を頂きましたの。届けに来た兵藤家のお使いが、若が珍しくも気遣いをされていると、笑っておいでしたわ」

家の者が言う程なのだから、兵藤は間違いなく、文や酒を贈るような事が不得手なのだ。ただ、吉乃へは気を遣ったと聞き、田中が笑い出す。

「おそらく兵藤殿は、まだ独り者なのだろう。うむ、その内、綺麗な嫁御が欲しいと言い出すのだろうか。その考えがあるから、酒を贈って下さったのかな」

吉乃は笑って何も言わないが、蔵人は口を尖《とが》らせる。弥九郎はそっぽを向いた後、眉間に皺を寄せた。

「どうしてだろう、今回の宴は、大いに引っかかるぞ」

弥九郎は軽い調子で言ったが、例えば甲賀の忍び三人に、急に三日も休みが取れた事も、考えてみれば妙であった。老中とて、酒を下さったが、たかだか警護役の為、何故大樽を贈ってくれたのかよく分からない。

「そう言えば……妙だな」

ここで十郎や蔵人も、眉を顰めた。訳の分からない事は夜の道に開いた穴のように、剣吞な物となり得るのだ。

祝い事で賑わう忍びの屋敷に、そんな大穴が、いつの間にか現れていた。弥九郎達は、騒ぎはしなかったものの、酒樽の前にあった、己の酒杯を伏せた。

二

甲賀の祝いの宴は、いつもの夕餉《ゆうげ》より早く始まった。

甲賀と根来、両一門から出て、やがて陪臣になろうという若者達は、道場にいた皆へ挨拶に回り、少し緊張した顔で酌などしている。大勢が若い者達を言祝《ことほ》ぎ、飲み食いを楽しむ事になった。

日がとっぷり暮れた頃、飲み足りない男ども以外は、使った皿や椀などを引き取り、宴の場から引いていった。

まだ道場にいるのは、朝まで飲み、語るつもりの面々で、酒や肴の残りをひとっ所に集め、行灯《あんどん》を寄せて飲み直している。男どもだけになった酒宴は、いつもの気楽さと、酔いに包まれていた。

やがて酔った何人かが、道場の床にひっくり返る刻限になると、弥九郎達もとりあえず、ほっとしてきた。

「酒樽や、急に頂けた休みを不安に思ったのは、考えすぎだったか。この刻限になれば、もう何も起きないだろう」

弥九郎達は道場の隅で、田中まで酒を飲まずにいてくれたことに礼を言い、焼き握りと共に、一杯差し出した。根来の忍びは笑って、礼はこちらが言う事だと返してくる。

「気づいていようが、弟も選ばれ、この先陪臣になれると決まった。本当に安堵しておるのだ」

弟に養子先が見つかるか、それは気になっていたと、田中は口にする。

「娘御しかおらず、養子を欲しがる家があるかどうか、運しだいだからな。だが、これで弟は先々、嫁をもらえる。子を持てる」

その世話をして貰えたのだから、酒を飲まない事くらい、容易い事だと言ったのだ。

「この先、何か困った事が起きたら、わしは甲賀に手を貸すぞ。うむ、役に立つだろう」

伊賀は政に強く、甲賀は忍びの技をよく伝えていると、百人番所で言われている。そして。

「我ら根来は、話を摑むのが得意なのだ。我らに隠し事をするのは、結構難儀だぞ」

「それは怖い。そして頼りになるな」

弥九郎が深く頷くと、そろそろ自分達も飲んで良かろうと、十郎が酒杯を用意する。三樽もあった酒は、まだ結構残っていた。

だが。

その時、道場で寝ていた何人かが、いきなり飛び起きた。飲んでいた者達は、低く構えを取っている。忍びばかりであったから、誰も声を出さず、揃って戸口の方を見た。

するとそこへ仲間の忍びが、一人、飛び込むような勢いで戻ってきたのだ。弥九郎達は西之丸から暇を貰えたが、祝いの日であっても、甲賀の何人かは勤めに出ていた。

その仲間の顔が、驚く程強ばっている。

「何があった」

道場にいた長が、短く問う。返事は、弥九郎の考えを飛び越えたものであった。

「西之丸様が、行方知れずになられました」

「は？」

甲賀と根来の声が揃う。

「行方知れず？　将軍家のお世継ぎが、か？」

そんな事が本当に起きるのかと、帰ってきた忍びへ、弥九郎達が問いを向ける。

「どういう事だ。西之丸御殿には、大勢の側付き達がいただろうに。そんな中で、世子が突然消えたというのか？」

「西之丸様は今日の昼間、お供の方々と、散策へ出られたとのこと」

気楽なものとの事だったので、天文所などを見に、江戸城内の吹上苑《ふきあげえん》へ行ったと、多くが思っていたらしい。

西之丸御殿の北西側にある吹上苑は、城に火が移らぬよう火除地《ひよけち》になっており、今は屋敷が建てられていない。江戸城内、濠内の一帯で、かつては幾つもの大名家があったと聞くほど、それは広い場所だった。

「早めに帰るからと、西之丸様の供揃えは、少なめだったと言います」

ところが西之丸の一行は、吹上苑へは向かわず、西之丸御殿正門近くから濠へ出て、舟を使ったらしい。濠は、江戸の四方へ繋がっている。だから気がついた時、西之丸が向かった先が、分からなくなっていたのだ。

もちろんその後、多くの者が西之丸の一行を探している。初めは、じき行方は分かるだろうと、事は伏せられていた。だが。

「暮れてきても、何も分からぬままです。調べる者が増え、委細が漏れて、我らも話を摑む事になりました」

江戸城は今日、いつもとは違う夜を迎えているのだ。

「あ、あり得ぬだろう、そんな事」

道場に座ったまま、弥九郎は己の声が、ひっくり返っているのを感じた。

家基は、十重《とえ》二十重《はたえ》に守られている筈の、将軍の世子なのだ。簡単に行方知れずになるなど、考えた事すらない。

「どうして……何が起きたんだ？」

なぜ、よりにもよって、甲賀が側にいない今日、驚くような事が起きるのか。

「正体が分からぬ不安の大本は、この行方知れずの件ゆえだったのか？」

つぶやく先から、後悔が押し寄せる。

「これでは、忍びの勤めなど役に立たぬと言われても、仕方が無いぞ」

この時長が、怖い顔を向けてきた。そして弥九郎達三人は、仮の身分とはいえ、西之丸御殿の警護だろうと言ったのだ。

「夜でも構わん、今から直ぐに西之丸御殿へ行け。何があったのか話をきちんと摑み、西之丸様をお助けするのだ。一刻でも早い方が良かろう」

飲まずにいて良かったと言われ、弥九郎、十郎、蔵人が、道場から飛び出ようとする。その三人を、寸の間田中が止めた。

「わしは、西之丸御殿には入れぬゆえ、同道はせぬ。代わりに根来は仲間と、この件の噂をできるだけ拾っておこう」

三人は礼を口にした後、組屋敷の道場から出た。雲が空にあるのか、星一つ見えず、恐ろしく暗い夜だと分かった。弥九郎達は、その黒一面の中へ飛び込むと、西之丸御殿を目指し、風となって東へ駆けた。

夜の江戸城が、いつもとは違った。とっぷりと暮れた刻限、真っ暗な闇の中で、城の辺りがぼうっと浮かび上がって見えたのだ。三人はその光景を、まだ遠方にいたときから、目にする事になった。

「西之丸様は、見つかっておられぬようだ。城に残っている者達が、今も随分いて、明かりを使っているのだろう」

十郎の言葉に頷いた後、三人は半蔵門《はんぞうもん》を目指した。本丸が近い大手御門や、西之丸御殿により近い外桜田門《そとさくらだもん》には、今夜はいつもより多くの者がいると思われたからだ。

弥九郎達は夜間、入城する許しなど得ていない。正面から門へ行っても返事すら貰えず、朝まで足止めを食らう事、必定であった。

そして半蔵門の近くへ来ると、ここでも濠の向こう側に、明かりがあるのが見て取れた。

「吹上苑を調べた者達が、まだ庭に残っているようですね」

蔵人がつぶやく。門はここも閉じられていたが、三人は、その前にある橋を突っ切った。そして塀に鉤を掛け楽々と城内へ入ると、塀沿いを南へ進み、西之丸御殿まで駆ける。

世子の御殿もこの夜は、常にないほど明るい。表にいる者らは気が立っていると見て、忍び達は直に御殿中奥へ入り込んだ。

「こんな刻限なのに、多くの者が動いているな。おお、あれは小姓組の御仁だ」

知り合いを見つけると、警護の者として馳せ参じたと、庭から告げる。西之丸の番方は、規則を言い立てるよりほっとした顔になって、外廊下から話してきた。

「西之丸様のご一行は軽い支度で、昼八つ時には御殿を出られた。なのに、暮れたこの刻限になっても、まだ行方が知れない。何故だ？　納得がいかぬ」

少ない供揃えだったと言っても、西之丸には、それなりの人数が付いていたという。

「恵吾殿も兵藤殿も御一緒なのに。蔵人、何故今も、行方が分からないのだろう」

「西之丸御殿の方々も、事情を摑めておられぬとは。ならば我らがもう一度、江戸城全てを見回って参ります」

小姓組の者から離れると、三人は吹上苑に入り、高い木の上から、明かりが見つからないかを確かめた。西之丸の一行が、提灯一つないまま、夜の吹上苑に居られるとは思えなかったからだ。

しかし明かりが見えたのは、苑の門近くのみであった。

（やはり西之丸の方々は、吹上苑にはいない）

邪魔の入らない西之丸の屋根に集うと、三人は小声で、これから何をすべきかを話す。

（西之丸様の側付きはどうして、一人だけでもお側を離れ、知らせに戻らないのだろうか）

（戻らないのでしょうか。それとも、戻れないのでしょうか）

転覆《てんぷく》した舟がないか、濠を調べているのではと、蔵人が口にする。だが、十郎は眉を顰めた。

（ご一行は、明るい刻限に御殿を出たのだ。大勢が乗った舟が沈んだら、とうに、大騒ぎになっていると思うが）

昼間なら、振り売りや勤めから帰る者などが、どこの濠沿いにもいたに違いない。第一全員が、濠で溺れる筈もなかった。

となると、では、どうして行き先が知れないのか、またその疑問に戻る事になる。雲が切れ星が見えてきたので、弥九郎は屋根から空を見上げ、事の見方を変えてみた。

（そもそも西之丸様は、どちらへ向かわれたのだろうか）

他出の時、軽い支度であった。それで近くの、吹上苑へ行ったと考えられていたのだ。

（しかし実際は、舟で動いたのです。だから結構遠くへでも、楽に行けたのでは？）

蔵人は、江戸には縦横無尽に、濠川が通っていると言ってくる。

（弥九郎は、西之丸様が、どの辺りまで行かれたと思っているのですか？）

返事をしようとして、また城内の明かりへ目を留めた時、弥九郎は不意に、言葉が出なくなった。思い付いた事があり、ゆっくりと二人の友へ目を向ける。

（もしかしたら、だが。大事なのは、どこへ行ったのか、ではないのかも知れん。何処《いずこ》になら、こんな遅い刻限でも居られるか。そういう話なのでは？）

（弥九郎、どう違うのだ、それは）

十郎が顔を向けてきた、その時だ。言葉を止めた十郎が、さっと城の内を見つめる。

（これは何だ？　夜が揺らいでおる）

何時になく明るい本丸の方から、何かの気配が沸き立ち、伝わって来ていた。まるで戦いの場のように夜が震えるのを、忍び三人は、その人とは違う力で捕らえたのだ。

遠すぎて言葉は分からずとも、何者かが声を上げているのを、総身が感じる。屋根の上で、三人は北東の方へ身を向けた。

（この揺らぎ、並とは違うな。西之丸様のお姿が失せた日、夜を騒がせている者は、敵か？味方なのか？）

考えるより、己で確かめた方が早い。三人は素早く北東へ向け、屋根を駆け出した。

（弥九郎、揺らぎの元は……本丸御殿の、大奥の方かと思いますが）

（その辺りだな。蔵人は鋭い）

ただ夜、西之丸御殿から本丸へゆく場合、問題があると十郎がつぶやく。

西之丸と本丸は、共に徳川の御殿だが、巨大な江戸城の中、大きな濠で隔てられているのだ。もちろん昼間なら、間にある蓮池御門を通り、富士見櫓近くを抜け本丸へ行ける。

だが明かりと人が満ちている今晩、濠に設けられた御門は、閉められているだろう。

(さて、どういたしましょうか。忍びが夜、江戸城本丸に入り込んだ事が分かったら、大事になります。西之丸様に手を出した張本人かと、故無き事を言われかねません)

蔵人は剣呑だと言ったが、顔には、余裕の笑みが浮かんでいる。三人は本丸へ向け、瓦屋根の上を飛ぶように移った。

三

西之丸から、江戸城本丸御殿に向かっていた甲賀の三人は、途中、不意に足を止めた。富士見櫓の前まで来た所で、闇の先に、走る影を見つけたからだ。

本丸御殿奥の屋根から黒い塊が降り、東側にある梅林坂《ばいりんざか》へ向かった。影の塊は、真っ暗で急な梅林の坂を、歩を緩めず駆けていく。

(あの動き。忍びに違いない)

本丸御殿の奥、大奥の方から来たとなれば、大奥と縁の深い一門、伊賀の名がまず思い浮かぶ。直ぐに十郎が、追うと決めた。喋《しゃべ》るのを止め、指で話を伝える。

〈西之丸様が行方知れずの夜、素性の知れぬ者が現れたのだ。正体を突き止めておかねば〉

三人も目立たぬよう、梅の林へ向かった。

（まさかと思うが、西之丸様が消えた件に、大奥が関わっているのか？）

証《あかし》もない考えであった。しかし、大奥と繋がった伊賀に狙われたら、西之丸の側仕えでは勝てぬだろう。弥九郎は眉間に皺を寄せた。

前を行く人影は、急な坂を駆け抜け、三之丸《さんのまる》の塀近くに寄った。そして辺りに目を配ると、平川門《ひらかわもん》を一気に越えてゆく。

　ただそのおり、手鉤のような物を使うのを見た蔵人が、首を傾げた。

「あの者達、妙な忍具の使い方をする。徳川家に仕える、伊賀とは思えないな」

平川門の直ぐ先には一橋御門《ひとつばしごもん》があり、その先、江戸城本丸から見て北東側には、武家地が広がっていた。前を走る二人は、内濠の外へ向かっていたのだ。

〈夜、わざわざ城から出て行くのだ。ひょっとすると、行方知れずの西之丸様は城の外に、おいでなのかも知れない〉

三人はうなずき合うと、見失わぬよう跡を付けていった。

　ところが、だ。

「おや？　門へ行かぬぞ」

先を行く者らは、後ろを何度か確かめた後、急に向きを変えた。四角い枡形門《ますがたもん》には目を向けず、右手に折れたのだ。門の傍らに建つ大名屋敷が、目に入ってくる。

〈何と、一橋様のお屋敷へ向かったぞ。まさかあの者達、一橋家と縁があるのか？〉

一橋家の和子、豊千代《とよちよ》は、次の世子ではないかと、密やかな噂になっている。弥九郎達も急ぎ、大名家へ入りこんだ。

怪しき二人は広い庭の陰に消えたので、甲賀の三人は広大な屋根へ上った。とっぷり暮れているにもかかわらず、庭には屋敷内から、光が漏れていた。


江戸城の濠は、本丸御殿の周りにある内濠から、〝の〟の字を書くようにして広がり、外濠へと続いている。

外濠は、その内側に多くの大名家や旗本屋敷、数多の町まで抱え、龍のように江戸を囲んでいる、長大な濠川であった。恐ろしいほど多くの人々が、江戸城の濠内で日々暮らしていた。

そしてそんな濠の内、内濠である大手濠《おおてぼり》の傍らに、徳川御三卿《ごさんきょう》の一つ、一橋家の屋敷はあった。江戸城本丸近くに、広大な屋敷を賜っているのは、将軍の後継者を出せる家柄ゆえだ。

その一橋家では、西之丸が行方知れずになった今日、夜が更けても、屋敷内に明かりが点《とも》っていた。

暗い庭や屋敷内にも、時折、家臣達が姿を見せている。部屋内の者を確かめようと、屋根に落ちていた小枝を、弥九郎が庭へ放る。すぐに外廊下に面した部屋の障子戸が開き、警護の者が出ていった。

〈おお、あの部屋の内に、まだ小さい一橋家の跡目、豊千代君の姿が見えます〉

寝る刻限はとうに過ぎているのに、布団には入らず、寝間着姿にもなっていないと、蔵人が言う。豊千代は眠そうな顔で、時々、小姓の伊藤《いとう》にもたれかかっていた。

伊藤は、庭から戻った警護の者の知らせを受けた後、眉尻を下げると、もう少し起きていて欲しいと、若君に語りかけている。

「若君、今日は特別な日なのです。西之丸様が昼間から、行方知れずになっておいでなのですよ」

「うん……でもじい、眠い」

「今、西之丸様が御存命か、お屋敷の者達が調べに出ております。もし万が一、死の御一報がありましたら、我らは他のどの家より早く、動かねばなりません」

豊千代こそ、次期西之丸に相応《ふさわ》しい事を、諸方へ示さねばならないと、伊藤は口にした。だが熱の込もった言葉を聞きつつも、豊千代のまぶたは、ゆるゆると閉じられてゆく。

「われ、眠いよぉ」

「若君、今少しだけ、ご辛抱を」

その時だ、鳥の声が響くと、伊藤は豊千代を、抱きかかえるようにして庇《かば》った。

伊藤が豊千代へ向けた言葉は、明日への望みに満ちているかのようだが、その振る舞いには怯《おび》えも見える。今宵の一橋家は、気を尖らせているように思えた。

伊藤は庭へ目を向けると、少し疲れたようにつぶやく。

「西之丸様は、どこへ行かれたのだ？　まさか今日、こんな大事が起きるとは思わなんだ」

その一言を聞いた途端、屋根にいた甲賀の三人は、顔を見合わせた。そして、溜息を漏らした後、指で互いに語る。

〈おや……一橋家は、西之丸様が行方知れずになったことに、関わっておらぬようだ〉

思わぬなりゆきで、確かめることになったと、弥九郎は口元を歪める。

〈まあ、西之丸様に万一の事があれば、一気に、次の世子選びが始まる。次の世子は、将軍の跡目が抱えている危うさも、引き継ぐ事になる。いきなりではきつかろう〉

その上、こうも事が急だと、跡取りとなる者には、他の危うさも加わるに違いない。西之丸を殺めたのではないかと、きな臭い噂を、背負う事になりそうであった。一橋家は今、豊千代が将軍になれるかもしれないという夢と、大きな不安を抱え、休むことも出来ないでいるのだ。

〈やれやれ。つまり庭の怪しき二人は、我らのように、西之丸様を探しに出た、どこぞの藩の忍びかも知れぬな。だが、何故この一橋家へ入りこんだのだろう〉

弥九郎が眉を顰めた、その時だ。庭に潜む二人がさっと、夜の向こうへ目を向ける。新たに幾つかの気配が、一橋家へ近づいてきていた。

〈おや、別に何人か来るぞ〉

友二人も気づいたようで、蔵人が口の端を引き上げる。庭へ忍びが入りこんだ事情を、思い付いたのだ。

〈もしかして庭の忍び達は、西之丸様を探しに出た先で、新手の忍びと鉢合わせし、逃げているのかも知れませんね〉

御三卿の屋敷に入り込む事を、躊躇《ためら》う者は多かろう。ゆえに、庭の忍びは門から出たと見せて、一橋家へ入りこんだのだ。

ただその話を聞いて、弥九郎は顔を顰めた。足音からして、追っ手も忍びの仲間に違いない。ならば。

〈この屋敷へ入ることなど、躊躇わぬと思うが。庭の忍びは、行いが甘いな〉

西之丸が行方不明になった件は、夜の中へ、多くの者を引き出した。そして、新たな諍《いさか》いを起こそうとしているのだ。

弥九郎はここで、早々にこの場を立ち去りたいと思った。忍び達の争いに、甲賀は関わるべきではない。

ただ……弥九郎達は、屋根に踏みとどまった。忍びが御三卿の一つ、一橋家で騒ぎを起こしたら、大事になる。止めずに去り、残した忍び達が捕まりでもしたら、同じ忍びである甲賀も、巻き込まれてしまいそうなのだ。

〈つまり我らが、事を収めねばならないのか？　何でそんな話になるんだ？〉

西之丸を探さねばならない今、妙な騒ぎに巻き込まれたのが煩わしい。しかし、去るのも悪手であった。

（ああ、新手が来る）

屋根に立つ弥九郎達は、そっと忍具へ手を伸ばした。すると庭にいる忍び達が、何故だか懐に手を当てた後、小柄《こづか》を手にするのが目に入った。

四

新手は、一橋家の暗い庭へ降り立つと、一気に戦いの構えを取る。弥九郎は忍び達の間に打鉤を二本放ち、まずは小柄を奪うと、その動きで双方を引き離した。

〈一橋家の者は出てくるか？　いや……大丈夫だ。助かった〉

弥九郎はここで現れた者達を見て、唇を歪めた。新手の中に、知った顔がいたのだ。

「おや、鉄砲組の伊賀衆ではないか。一橋家で戦うなど、冗談ではない。どういう騒ぎになるか、分からぬのか」

伊賀衆は打鉤の一振りで、既に屋根の忍びに気がついており、しかめ面を向けてきた。

「甲賀の三人が、何故ここにいる」

だが今は、甲賀と話している間はないと、伊賀達は言う。そして懲りずに争う気か、介入無用と言ってきたので、総身に力を込めることになる。

だがこの時、思わぬ声が、伊賀側の事情を語り出し、双方の動きを止めた。新手が更にもう一人、屋根に現れたのだ。

「鉄砲組の伊賀衆は、この大名家に逃げ込んだ忍びに、何かを奪われたのです。伊賀は、それを何としても、取り戻さねばならないようです」

逃げた方も伊賀流の忍びに見えたと、若い声が語った。十郎が、驚いて問う。

「根来ではないか。何でここに来たのだ？」

若者はまず忠津《ただつ》と名乗った。

「先日組屋敷へおいでになった、弥九郎殿、十郎殿、蔵人殿ではありませんか。上忍のお三方と、会うとは思いませんでした」

三人は西之丸御殿へ行ったと、忠津は聞いていたらしい。

「私は田中殿から、西之丸様が行方知れずになった件を、調べるよう言われたのです。その、今夜一橋家へ来るつもりは、ございませんでした」

忠津は本丸、特に大奥の辺りを探りに来ていたと、伊賀達を見つつ言う。

「そうした所、思わぬ場に行き逢いまして。本丸御殿、大奥近くの屋根の上で、何と二組の忍びが揉めておりました」

書状らしきものを、同じ伊賀流に見える忍びが奪った。夜の事ゆえ、鉄砲組の伊賀は、本丸御殿の屋根から逃げた相手を、しばし見失ったという。

「おやおや」

鉄砲組の伊賀は、それでもこうして追いついた。その伊賀達を、居合わせた根来が追ったので、一橋家に甲賀、伊賀衆二組、根来と、忍びが四組も集まる事になったわけだ。

事情は分かったものの、一橋家で戦いだした伊賀達へ、甲賀の三人は、うんざりとした顔を向ける。

「今、西之丸様の行方が知れぬ事は、伊賀ならば承知しているだろうに。こんな日に、別の騒ぎを起こすな」

双方落ち着けと十郎は言ったが、伊賀達は甲賀を無視し、何としても引かない。

だが、双方が動き出す前に、先に現れた伊賀が突然、慌てて何かを探し出した。狼狽《うろた》え、懐を探る様子を見て、鉄砲組の伊賀衆までが顔を強ばらせる。

「尾張の奴ら！　大事な書状を、どこぞに無くしたのではなかろうなっ」

「ほう、先に現れた伊賀者は、尾張藩に残っている忍びか。そういえば、伊賀流などがいると聞いていたな」

弥九郎が双方へ、心配するなと声を掛けた。

「大事な伊賀の書状だが、この弥九郎が持っておる。先ほど伊賀達を二手に分けた時、打鉤で引っかけ、小柄と一緒に尾張の懐から頂いた」

書状にある字は、おなごの筆だなと言うと、鉄砲組の伊賀は返事もせず、いきなり書状を奪おうとしてきた。だが弥九郎は躱《かわ》し、蔵人が伊賀衆へ一発拳固《げんこ》を喰らわす。

「伊賀衆は、政の腕は忍び一だ。だが忍びの技は、怪しくなっているようだな」

書状は、いつの間にか十郎の手に移り、甲賀達は、二組の伊賀者達と睨み合う事になった。

表を見た十郎が、大奥から京へ出す文のようだと口にする。

西之丸が行方知れずになった後、書かれたものだろう。つまり中には、余所に漏れたら都合の悪い事が、山と書いてあるに違いない。

「だからこそ、尾張の伊賀者はこれを、手に入れたがったのかな」

入手した書状を、どう使う気だったかは、甲賀にも分からない。だが尾張の忍びは、藩で跡目の君が多く亡くなっているからか、周りを信用しなくなっており、剣呑だ。

「よって鉄砲組の伊賀は、何としても取り戻したいのだろう」

引くわけにはいかないのだろうと、蔵人が苦笑を浮かべた時、馴染みの伊賀衆が突然態度を変えてきた。政が得意な伊賀はやはり、駆け引きに強かった。

「甲賀衆、その書状を渡してはくれぬか。もちろん、支払いはする」

対して尾張の伊賀は、甲賀が欲しがるものを持っていないと、伊賀衆は言ったのだ。

「甲賀は今、金では動かないだろう？」

三人が頷いた途端、書状を取り戻せないと考えたのか、尾張が屋根へ突っ込んでくる。根来の忠津が、一寸息をのんだが、甲賀は既に、元いた屋根にいなかった。

「甲賀の忍びに飛びかかるのなら、もう少し、素早く動かなくては」

弥九郎は、一言付け足した。

「尾張は屋敷へ戻れ。今夜我々は、他にすべきことがある。お主らに構わぬことにする」

その言葉と共に、打鉤を繰り出すと、尾張の衆は塀の側に転がり、音を立ててしまう。一橋家の警護が気づいたのを知り、尾張の衆は急ぎ大名家から離れていった。

弥九郎達は頷くと、今度は伊賀衆を見つめる。ただ支払いは何かと言い、素直に書状を渡さなかったので、伊賀に睨まれる事になった。

「百人番所の仲間へ、その態度は何か。勤めに支障が出ようぞ」

「何事にも対価は必要だろうに。伊賀の忍びが欲しがった書状として、隣の御老中のお屋敷へ届ければ、大枚を下さるかも知れぬ。心が動いておるのだ」

伊賀衆が、慌てて告げてくる。

「甲賀は今、西之丸様の行方を探しているのだよな。書状より、その件が大事な筈だ」

「その通りだ」

あっさり頷くと、弥九郎は早々に書状を渡し、伊賀は何を承知しているのかと、真正面から問う。

勿論、書状を手にした伊賀衆は、何も言わず逃げる事も出来る。戦うのではなく、ただ屋敷の屋根から離れ、闇の中へ逃れるのみなら、伊賀にやれないとは思えなかった。

だが伊賀衆は、それこそ明日からの勤めを、考えるに違いない。

「今の我らは、鉄砲組としての勤めが、本業だからな」

これからも長く勤め続ける中、忍び同士の揉め事が、どれほどうんざりするものになるか、承知している筈であった。

一橋家の屋根の上で、伊賀衆がまず、静かに息を吐き出した。そして甲賀の三人と根来の忠津へ、思わぬ事を語り始めた。

「西之丸様が行方知れずと聞いた時、我ら伊賀者は、大奥でも騒ぎが起きぬか憂えた。よってまず、くノ一を守りに入れた」

するとじき、そのくノ一が、伊賀衆へ思わぬ事を伝えてきたのだ。

「大奥におられる、どなたからの話なのかは分からぬ。とにかく、御浜御殿《おはまごてん》に西之丸様がおられぬか、伊賀に調べて欲しいと話があった」

「御浜御殿？」

甲賀の三人は目を見合わせてから、蔵人がつぶやく。

「御浜御殿とは、あの海辺にある、かつて徳川将軍家の別邸のあった地のことですか？　確か、外《と》つ国《くに》から来た象が、飼われていた場所ですよね？」

新橋《しんばし》から東へ向かい、海へ出た所に、大きな島がある。以前は御殿がそこに建っていたと、伊賀衆は言葉を重ねた。根来の忠津が頷く。

「手前の道から、島を見た事はあります。埋め立てて作った地なのか、島は四角い形に見えました。周りを、海から立ち上がる石垣の塀に、囲まれていました」

御殿は江戸の海と、外堀に面しているらしい。

「御殿へ行くには、二つある橋のどちらかを渡り、門をくぐるしかないように思えました。海から近づくと目立ちます。恐ろしく入りにくい所でした」

十郎が頷く。

「ははぁ、西之丸様が、そこへ行かれたのではないかと、大奥のどなたかが、見当を付けられたのだな」

御浜御殿へ向かった後、病人でも出たか、何か不測の事が起き、西之丸達は帰れなくなったのではないか。そう考えた者がいたのだろう。

それで大奥の誰かが、島へ入る為の用件など作り、伊賀の忍びを使いとして送ったのだ。忍びであれば、広い敷地内に西之丸がいるかどうか、素早く確かめられる。

弥九郎が真っ直ぐに、忍びへ目を向けた。

「それで伊賀の衆、どうだったのですか？」

西之丸は御浜御殿にいたのか、いなかったのか。大奥の使いでなければ、入るのも難しい島だから、教えて貰えるのはありがたい。

すると伊賀は一つ、首を横に振った。

「御浜御殿には、寄った様子もなかった」

次の言葉が続かず、屋根の上がしばし静まったままになる。忠津が息を吐いた。

「わざわざ伊賀が、その事を調べているのだ。西之丸様は、大奥から呼び出された訳でもなさそうですね」

「根来の若いの、根も葉もない話を作るな」

伊賀衆が忠津を睨み付けたが、弥九郎はそれに構わず屋根でつぶやく。

「何故だ？　分からぬ」

西之丸の一行は、江戸城の吹上苑へ行ったと思われていたが、姿はなかった。

西之丸は、御浜御殿へも行っていない。

甲賀と伊賀と根来が、今、西之丸を探している。なのに西之丸の一行は、忍びですら、見つけられずにいるのだ。

こうも人の目に付かないとは、どういう事を意味するのだろうか。

　すると随分前に、己が抱いた疑問が、また湧き上がってくる。それは今も、分からぬままとなっていた。

（もしかしたら、だが。大事なのは、どこへ行ったのか、ではないのかも知れん。何処になら、こんな遅い刻限でも、居る事が出来るのか。そういう話なのでは？）

　しかし、根来や伊賀の衆がいる中、友に考えを語る事も出来ない。そして役高三十俵二人扶持、たかが御家人である甲賀の者には、身分高き方々がどこへ向かう事があるのか、分からないのだ。

（御浜御殿とて、伊賀は大奥の指示があったから、伊賀衆は向かえた。あそこを思い付くのは余程、身分高き方々の暮らしを分かっている者だ）

　供を連れた西之丸が突然顔を出しても、騒ぎにならず、受け入れて貰える先はどこなのか。暗くなっても過ごせる場を思い付くことは、結構難儀な事と身に染みてくる。

　よって弥九郎達は、この話を書状の支払いとして、受け入れることにした。

「良き話を伝えてくれた。これからも同じ鉄砲組として、よろしく頼む」

「西之丸様の行方を教えられず、済まぬ事だ。もし手づるがあるなら、この屋敷の元家老ならば、色々承知かも知れぬぞ」

「元の家老？」

　伊賀はそう言い置くと、書状と共に消える。すると間を置かず、根来も居なくなった。気がつけば甲賀のみとなった屋根の上で、弥九郎はふと、大名屋敷へ目を向ける。

「一橋家は、いささか暢気《のんき》だな。我らがこれだけ騒いだのに、誰も誰何《すいか》一つしてこない」

「この屋敷の元家老？　誰でしたっけ」

蔵人が口にすると、十郎がここでその名を想い出した。

「おお、そうか。そう言えば一橋家には、面白い立場の御家老が、以前おられたな。確かにそのお方なら、色々、よく知っておられる気がする」

十郎は口の端を引き上げ、一橋家の広い庭を見下ろす。そして、かの御仁とどうやって会ったら良いかと言うので、まず、名を聞かせろと、弥九郎が頼んだ。

五

亡くなった一橋家の元家老は、陪臣ながら、世間に名を知られていた。そして、元家老の身内である息子なら、存外今日、会えるのではと思われた。

今夜一橋家では大勢の家臣達が、藩主や和子のいる中奥辺りに集まっていたからだ。つまりその他の場所は、暗い刻限なのもあって、警護が手薄になっていた。

家老の家柄ならば、屋敷内に広めの部屋を与えられているだろうし、今夜、早々に寝ている事は、考えられない。三人で、明かりが見える部屋を、庭の様子を見つつ辿《たど》ったところ、目的の部屋はあっさり見つかった。

弥九郎達は、屋根から部屋へ近寄ると、濡れ縁へ小石を放り音を立てた。

「何の音か」

障子戸を開け、夜の方へ見せてきた顔が、以前、会ったお人と似ていて、思わず笑みを浮かべる。その縁故に、今夜、この家の立場と名を思い出したのだ。

性分も似ている事を願ってから、弥九郎はまず一寸、一橋家の庭に姿を現す。そして直ぐに声を残し、夜の中へ消えた。

「田沼意致《おきむね》様。それがしは甲賀の忍びにて、滝川《たきがわ》弥九郎と申します」

部屋から現れたのは、元家老、田沼意誠《おきのぶ》の息子、意致と思われた。亡き一橋家家老は、田沼老中の実の弟なのだ。成り上がり者の老中は、そんな立場故か、あちこちの家へ身内を養子に出し、また家老として送り込み、娘を嫁にやって、縁を数多《あまた》結んでいた。

弥九郎達は、田沼老中との縁を得た後、忍びとして田沼家の話をかき集めていた。

「何と、伯父が語っておられた、忍びの者が来たのか。うむ、そういえば甲賀者の名を、弥九郎とか言われておった」

闇の内で聞く田沼意致の声は、一寸見た顔より、老中と似ていた。意外な事に老中より、元家老の子意致の方が、忍びなど見下しているように思える。

「して、何用だ？　まさか伯父に会えぬので、わしに仲立ちを頼みに来た訳でもあるまい」

暗い一橋家の庭に、笑いを含んだ言葉が聞こえてくる。ここで蔵人が、件《くだん》の小柄を手に庭へ降りると、目を見張っている家老の近くの縁に、そっと置いて消えた。

小柄を見て、何なのかと問うてきたので、弥九郎は〝尾張の忍びが、一橋家へ入った証〟だと、臆せず言ってみる。

「ほお」

「先程、この一橋家に、入り込んだ者がおりまして。我らは西之丸様の行方を捜すため、動いている途中、その姿を見つけました」

数多の陪臣がいるにもかかわらず、一橋家へ入り込み、庭で小柄を構えた者がいたのだ。

「小さき和子様がおいでですのに、不用心な事です。よって取り上げました」

その小柄で、尾張の者と分かると言うと、意致が頷く。

「そういえばお主は、豊千代様に良き占いを、告げた者でもあったな。伊藤が言っておった」

ならばその言葉は、一旦信じようと、意致が言ってくる。証があれば、主の一橋にも話を伝えやすいだろう。

「して、証の小柄の代わりに、わしへ何を望んでいるのか」

意致が、あけすけに問うてくる。弥九郎は仲間へ頷いた後、意致ならば答えられる筈の問いを、ここで向けてみた。

「我らは西之丸様の警護ゆえ、世子が今、どこにおられるのか、必死に考えております」

将軍家の世子であれば、ただ一人で動いていることはない。ならばこの夜更け、供の面々と居られる場所とは、どんな所なのか。

「我ら忍びが調べられたのは、まだ吹上苑のみ。伊賀が、御浜御殿を確かめましたが、西之丸様はおられなかったとのことです」

「おや、御浜御殿には、おられなかったのか。もしや、あの場へ向かわれたのかと、考えておったのだが」

大奥が考えたのと同じ場所を、意致は思い描いていたらしい。つまり一橋家の家老であれば、御家人達が承知していない特別な場所のことを、やはり思い付くのだ。

この夜中、身分高き者が、側付き達と共に居られるところはどこなのか。

驚いた事に意致は直ぐ、大名家や寺、鷹狩りで休める場など、幾つもの名を口にした。意致も答えを知りたいようで、何かを摑めたら、己へも知らせを入れるよう告げてきたのだ。

十郎が、柔らかく返した。

「我ら甲賀が、また一橋家を訪れ、意致様と語るのは、難しいかと思われます」

その上、忍びが周りをうろつけば、意致が、妙な目で見られかねない。一見、見られていないようでも、今は他の忍びの目が、どこにあるか分からなかった。

「ただ、先日より田沼御老中の側に、甲賀の者が付いております。よって何か分かった時は、そちらへ話を伝えますので」

目と鼻の先に住む、身内の老中から聞いてくれと伝えると、意致は頷いている。

ここで忍び達は、一橋家の屋根から離れた。有り難い事に、幾つもの行くべき先が分かったが、今度は、どこから向かうべきかを選ばねばならない。

その判断が、西之丸の命を左右するかもしれなかった。それでも迷っている余裕はなく、三人は向かう先をすぐに決めた。

江戸城を守るため、徳川家は菩提寺《ぼだいじ》の寛永寺《かんえいじ》を、鬼門である上野に配した。そしてもうひとつの菩提寺、増上寺《ぞうじょうじ》を、江戸城から見て裏鬼門に当たる、芝《しば》に置いたのだ。

増上寺は江戸城から見て、南にあった。濠川を通って舟で行くとしたら、御浜御殿より、江戸城からは遠い。御殿近くの濠川から一旦海に出た後、更に海を進まねばならないのだ。

だがその後、海から別の濠川へ入り西へ向かえば、増上寺まで舟で行ける。その寺のことを詳しく語ったのは、共に舟で夜の中をゆく蔵人であった。

「増上寺は徳川家康《いえやす》公が、菩提寺に決めたと言われています。寺の境内《けいだい》は、二十五万坪もあるそうですよ。本当に広い寺です」

門内には子院が並び、三千人もいる修行僧のための学寮は、百軒以上あるらしい。寺領は一万石を超すというから、まさに大名並の寺であった。

「西之丸様のご一行が増上寺へ行かれたのなら、僧達は下にも置かぬ対応をした筈です。目立ちたくないとおっしゃれば、人目になどつかなかったでしょう」

あの寺であれば、世子は憂う事無く、ゆっくりと過ごせているに違いない。

「ですが弥九郎、一橋家家老、田沼意致様は、世子がこの夜、居られる場所として、幾つも名を挙げていました。その中からどうして、増上寺を選んだのですか？」

すると弥九郎ではなく、船頭役の十郎が口を開いた。

「決め手は舟だろう。増上寺は、濠川沿いにあるからな」

もう一方の菩提寺、上野の寛永寺では、舟に乗ったまま行き着く事が出来ない。鷹狩りの地も、名の挙がった大名家も、やはり濠川沿いにはなかったと、弥九郎が続けた。

「一軒、本所深川《ほんじょふかがわ》にある大名家は、濠川から近い場所にあった。だから増上寺が考え違いであったら、次はそちらへ向かおうと思う」

三人は一橋家から一旦、東の町人地へ出ると、まず舟を調達し、己達で交互に船頭役をして南へ向かった。棹《さお》が扱えれば上忍として、より動きやすくなる。弥九郎達は早くから、棹の使い方を仕込まれていた。

弥九郎はここで、思わず眉尻を下げる。

「甲賀の組屋敷は、濠川沿いにあるわけではないから、一門は舟を持ってない。先々棹を使う事があるのか、実は訝《いぶか》っていた。十郎、本当に使う日が来た事に驚いているよ」

「確かに、な」

海に出た後、御浜御殿の近くを過ぎた。聞いていた通り、四角い敷地が、石垣に囲まれている。徳川家の別荘地は、一つの大きな島であった。

「名の通った寺より、そっと立ち寄るには向いている場だ。なのに西之丸様は、どうしてここへ寄らなかったのだろうか」

舟を漕いでいる十郎が、笑った。

「立ち寄るとしたら、真っ先に思い浮かぶ場所だからではないか？」

大奥も田沼意致も、まずここを思い浮かべていたのだ。ここで蔵人が、首を傾げる。

「ということは、西之丸様のご一行は、表でしばらく、人目を逃れるおつもりだったのでしょうか？　早くに帰られると、御殿の皆は、思っていたようなのに？」

石垣へ戸惑いを向けている間に、舟は御浜御殿の傍らを過ぎてゆく。湾の中とはいえ海へ出ると、一気に波が高く感じられた。

対岸に見えた大名屋敷の、海に面した所は、石垣が多い。その前を過ぎた後、甲賀の三人は舟を再び濠川へと漕ぎ入れ、西へと向かった。

六

徳川家の菩提寺増上寺は、伽藍《がらん》の立ち並ぶ、江戸でも知られた寺だ。

正面の大門から三解脱門《さんげだつもん》まで、真っ直ぐ大きな参道が通っており、巨大な本堂へと続いている。その奥は深い緑に覆われ、増上寺の広大さを示していた。境内の周辺には、敷地を取り囲むように、数多の寺が並んでいた。

そして。

増上寺奥に建つ寺で、夜も更けた刻限、手燭《てしょく》の明かりが多く揺れていた。

火を点しているのは、行方が知れないと言われている、西之丸の一行だ。既に休んでいるべき刻限、世子達は部屋を明るくし、気を立てていた。

しばし前から、境内の木立がときおり、妙な音を立てていたからだ。恵吾と兵藤がまず気がつき、皆は堂宇《どうう》の板間で、西之丸の周りに集うと、守りに入った。西之丸勤めの番方達は、先程から刀に手を掛けているのだ。

番方は御殿勤めで武を受けもち、主の身を守る者達であり、世子の傍らに侍る恵吾や兵藤らも強い。戦のない世にあっても、竹光などとは縁の無い、頼れる面々であった。

だが、それでも長く続く徳川の世、番方といえども、生死を懸けた斬り合いをやった者はいない。夜の内から不穏な気を捕らえた後、恵吾は何時になく強ばった顔で問うた。

「兵藤殿、増上寺本堂の方に、明かりは見えぬ。騒ぎが起きたようには思えないのに、どうしてこの寺の近くのみ、不穏な様子なのだ？」

「おそらく、近づいてきている者達は、大騒ぎを好まない面々なのだろう。つまり、我らを本気で襲うつもりゆえ、忍び寄っている訳だな」

西之丸の一行は、まだ昼間の内から、菩提寺である増上寺へ入っていた。静かに一日過ごすことを伝え、僧侶達にきちんと世話をしてもらい、骨休めの時を過ごしていた。

寝る刻限まで、何も不都合はなかった。とっぷりと暮れた今、既に辺りは静まっている。寺の一日は終わり、僧達は静かに、明日の夜明けを待っているのだ。

ところが。夜が深く重くなると、それを待っていたかのように、西之丸が宿とした寺の境内は、落ち着かなくなった。恵吾達は手燭の火を増やし、全員横にならず、西之丸を囲む事になったのだ。

西之丸も床に入らず、何時でも寺から出られるよう、着る物も整えている。そして供の皆へ目を向けた後、溜息を一つ漏らした。

「父上が、ただ一人の将軍家の子という、私の立場を案じられている事は、承知していた。その為か、早く正室を迎えようと、考えておいでだからな」

側に居る皆が、西之丸家基に早く、男の子が生まれて欲しいと願っている。それは、西之丸の立場の危うさと、背中合わせの考えであった。

「そしてだ、鷹狩りの地に、猪が湧いて出た。上野の寛永寺に、徳川の者ではない、忍びが現れたとも聞いている。その上、だ」

先に老中である田沼意次が、何者かの襲撃を受けた事を、将軍家治が摑んだ。

田沼老中は事を荒立てず、その後、何事も無かったかのように登城していた。だが城近くで老中職が襲われた事は、将軍家治の不安を、かき立ててしまったのだ。西之丸が、恵吾と兵藤へ、困ったような顔を向けた。

「これでは、徳川の世であるにもかかわらず、世子に手を出す者さえ現れかねぬ。いや機会があったら、徳川さえ臆せず襲ってくる。父上は不安に摑まれてしまった」

田沼老中は将軍の不安に気がつき、己の事が元かと、酷く気にしていた。西之丸は、何か手を打たねばと思ったが、相手もはっきりしない事に、打ち勝つのは難しい。

すると、だ。ある日西之丸は将軍から、驚くような考えを告げられた。連絡の不備があった事にして、西之丸が一日、江戸城から姿を消してみてはどうかという。

つまり、世子が亡くなったかも知れぬという噂を、わざと流そうというのだ。勿論その間、西之丸は増上寺など、安心できる先に留まる。そして将軍家治は、西之丸の不在を知った皆が、どう動くかを見るという。

西之丸が首を横に振り、恵吾と兵藤が、厳しい顔つきになっている。

「それで父上が落ち着かれるのなら、やってみても良いと思ったのだ。疾《と》く、江戸城へ知らせを入れなんだ事で、後に恵吾達へ叱責が行くかと、それが心配であったが」

しかし、無茶をした事情は分かっているから、そこはあの田沼老中が、上手く収めてくれる手はずであった。何しろ事を願ったのは将軍家治であり、騒ぎのきっかけとなったのは、田沼老中自身なのだ。

「ただ一日行方をくらますだけで、父上が満足なさる。その考えは、間違ってはいないはずだった」

なのに。西之丸の目が、堂宇の外にある闇へ向かう。

「なのに何故、今日、寺の闇がざわめくのか」

夜が、馴染みの無いものに変わっていた。一体どこから、どうして、増上寺に西之丸がいると話が漏れたのか、全く分からないと兵藤が言う。だが忍び達も遠ざけ、いつもより守りが薄い今日、世子家基を本当に襲う者が、湧き出てこようとしていた。

それは戦国の頃のように、問答無用の死を連れ、襲いかかって来るものに違いない。これでは心配のしすぎだと、父へ言えないと言い、家基の手が己の刀に掛かる。

「この寝所を離れ、寝ている僧を起こして、助勢を請うのは難しかろうな。襲って来る者が、他への使いを見逃すとも思えぬ」

おまけに寺に居るのは、刀一本持たない、僧達ばかりなのだ。広大な増上寺から出て、他へ助けを得に行くのは、更に難しい。

江戸城本丸の南側には、武家地が広がっている。だが増上寺の周りは、町人の町が多いと言い、恵吾が眉根を寄せた。

人を斬った事の無い者達が、己の命を懸け、腹を決める時が来ていた。じき、いよいよ事が動くと分かっている。

「来る……」

西之丸がつぶやいたその時、だ。

己から開いたかのように板戸が開き、何者かが飛び込んできた。兵藤が身を低くし、居合いの間で、斬りかかる構えをとる。

ところが。

「お、や？」

西之丸が目を見開いたその時、飛び込んできた何者かがはっきりと、その動きを止めた。男は不可思議に仰《の》け反《ぞ》り、天井へ顔を向ける。

そして、いきなり背後の闇の中へ、引っ張られたかのように消えたのだ。

「えっ？」

兵藤も恵吾も、一寸目を見開いたまま、口を開けている。

ただ新手は直ぐに、何人も現れてきた。恵吾達が気がついた時、背後の陰から、西之丸に打ちかかってきたのだ。

「我が君っ」

一寸遅れを取り、恵吾が必死の顔で、西之丸と新手の間に、割って入ろうとする。しかし、恵吾よりも相手方が、刀一本分、西之丸に近いようであった。おそらく生まれて初めて、西之丸は刀を構え、振り下ろされる一撃を受け止めようとしたのだ。

すると、今度はその一撃が、途中で消えた。

「何とっ？」

まるで、そこで刃物を振るう事が、分かっていたかのようだった。何か硬い物が、振り下ろされた刀と西之丸の間に現れた。

刀の主は刃をへし折り、うめき声を上げたのだ。呆然としたそのとき、十郎の姿が一寸見え、襲って来た者と暗い境内へ消えた。

ここで次の新手が、恵吾と向き合う。ただ、その男も、一寸の後には、堂宇の板間に這いつくばった。そして今度は倒した者が、落ち着いた声で西之丸へ問うたので、誰が救いに来たのかよく分かった。

「西之丸様、お怪我はございませんか」

姫若子《ひめわこ》と呼ばれる見た目の蔵人が、話しかけていた。もっとも、おなごめいて見えるのは顔だけで、初めて西之丸御殿の皆へ見せる遠慮の無い戦い方に、西之丸は目を見張る。

「甲賀衆が来てくれたのか」

兵藤らは西之丸の傍らに集まり、襲って来た者らは甲賀達に任せた。すると早々に、番方達は首を傾げる。

「何か奇妙というか……。十郎殿の相手は、己から負けるよう振る舞っているようだ」

そして。堂宇で点けていた多くの手燭が、庭にいる弥九郎の姿を照らし出すと、西之丸達はしばし黙った。

弥九郎は、暗い庭で戦っていた。そして何故だか浮き上がっており、しかも地に足が着かぬまま、右に左に、飛ぶように動いていたのだ。

「……弥九郎が、敵方を倒す所を見たのは、初めてだったかな」

そう話す頃、西之丸は肩から力を抜いていた。甲賀が寺に現れた後、潮が引くように、周りから見知らぬ敵方が減っていったからだ。

今し方まで、刀に手を掛けていたというのに、気がつけば堂宇から、供以外の気配が失せていく。開け放たれた板戸の向こうでは、馴染みの忍び三人が現れては消え、それにうめき声が重なっていた。

「これが忍びの戦いか。そういえば、襲われた田沼老中の一行を救ったのは、忍びだったと聞いたな」

三人のみで老中一行を救ったという、作り話のような噂を、西之丸勤めの者達が、御殿で語っていた。だが、しかし。

「この様子だと、本当に三人で、老中の一行皆を、助けたのやも知れない」

西之丸の言葉に、側付き達が頷く。そろそろ余裕が生まれ、それが一瞬、堂宇に油断を連れてきていた。すると。

「うわっ」

悲鳴を上げたのは、誰であったのか。天井が破られ、抜き身を手にした何者かが、西之丸らの頭の上から、一気に三人も降りてきたのだ。

兵藤が、刀で受け止めようと構える。すると。

「えっ？」

兵藤は小さな声を上げていた。対峙していた相手が、見えない手で摑まれるようにして、表へ消えたからだ。

「何だ？」

次の一言を口にした時、何故だか蔵人が、もう一人の首を押さえつけており、そちらも直ぐ、表へ蹴り出される。そして恵吾が首を回した時、三人目も消えていた。

「早い。天井の大穴だけが、残ったな」

その穴は消えなかったので、短い襲撃が、本当にあったことだと西之丸にも分かる。立ちすくんでいると、表からの音も、うめき声も、早々に止んでいった。

その後、忍び達の姿すらしばしの間消え、寺の辺りが静かになる。兵藤達が、境内に明かりを向けたが、庭に、倒された者が転がっている事すらなかった。

「曲者を捕らえて、どこかへ運んだか。それとも濠へでも、たたき込みに行ったかな」

兵藤の声は、何時になく低い。ほっと息を吐いた頃、馴染みの忍びが三人、増上寺の境内に現れてきた。

　西之丸は、忍び達の顔が何時になく怖いと言い、久方ぶりに笑った。


　弥九郎達は辺りを確かめ、寺へ忍び寄る者は、もう居なかろうと、西之丸一行へ告げた。ただ、広大な増上寺の境内全てを、三人の忍びのみで、今、確かめる事は出来ない。よって西之丸の一行は横になる事なく、寺内で甲賀に守られつつ、朝を待つ事になった。

　蔵人が一人先に、西之丸の無事などを伝える為、寺から離れて行った。

　その間に堂宇の板間で、騒ぎに至った事情などが、甲賀の二人に伝えられる。忍び三人が、今回のお忍びから外されたのは、西之丸の考えだと、恵吾から聞いた。

「今回、西之丸様は江戸城から離れ、その知らせを、忘れる事に決まっていた」

　そして甲賀の三人は、西之丸御殿の勤めに、戻ったばかりなのだ。叱責を喰らうと、西之丸御殿への勤めから、また外されかねない。それでは可哀相だと、西之丸がわざと休みを入れたのだという。

　すると、いつもであれば礼を言う所なのに、増上寺に残った甲賀二人は、恐い顔を供の皆へ向けた。考えるべきは忍びの立場ではなく、西之丸が安心していられる事だと、弥九郎はきっぱり告げたのだ。

「剣呑な時が来ております。御老中が難儀に遭ったばかりではありませぬか。もっともっと西之丸様は、御身の安泰を考えて下さらねば」

老中一行を襲った者と、この夜、増上寺へ来た者は違うと、甲賀の二人は話した。

西之丸の行方が知れなくなった後、大奥の書状を狙う忍びが、本丸御殿に現れていた。

その忍びが、一橋家へ入りこんだ。

江戸では一気に、忍びが夜の中を、動き回るようになったのだ。まだ、何の一報もなかったというのに、次期世子の立場を巡り、疾く、争いまで起きている。

いつもであれば落ち着いている十郎が、恐い顔で、恵吾へ短い説教をした。

「西之丸の番方は、経験が足りませぬ。道場であれば見事な腕だ。ですが人相手ですと、腰が引けております。甲賀のくノ一相手でも勝てませぬな」

恵吾が顔を赤くすると、兵藤の顔までが赤みを帯び、何故だか恵吾と一寸睨み合う。

一方弥九郎は、一橋家の者に助力を願ったゆえ、この一件、老中を介してそちらへ伝えると西之丸へ伝えた。西之丸が、苦笑を浮かべる。

「色々、絡んでおるな。これからは、忍びを置いてゆくのは止めよう」

「お頼み申し上げます」

さて、この襲撃の事を、黙っているなど出来はしないが、そうなれば将軍は、益々心配を募らせるに違いない。

（この後、西之丸様をどう警護してゆくか、もう一度、考えてみなければ）

西之丸勤めになり、ただ幸運が来たと喜んでいた日は遠のき、今、弥九郎は主を案じ、顔を顰めている。そして思わぬ悩みも、湧いて出ていた。

（今日、現れた忍びが多すぎる）

長年大人しくしていた者達が、一斉に動き出しているに違いない。忍び達は甲賀のように、そして根来のように、明日に希望を見つけようとしているのだ。

それは、甲賀のせいかとも思う。長き時の果てに、運を摑んだ忍びが出れば、我もと願うものだ。そして現に、根来もその運の端を、摑んでいた。

（やれ、これからどうなるのやら）

戦国の世ではない故、忍び達が願う運を得られるかは、分からない。ただ、それでも一門の明日を懸け、表には出ない戦いが既に始まっていた。甲賀は今日、尾張の忍びと出会い、相手の力も十分摑めてはいない。

忍び達の戦いは、おそらく誰にも止められないと、弥九郎には分かっていた。

第八章

くノ一の花嫁

一

甲賀のくノ一加乃《かの》は、西之丸御殿に勤める武家に、先日嫁《とつ》いだ。忍びとして、鷹狩りの警護に加わった所、書院番の一人に見初《みそ》められ、縁づく事になったのだ。

おなごは、相手方と同等の家へ養女に行く事で、身分を越えて嫁ぐ。甲賀の娘、くノ一達には見目良い者が数多おり、御家人の組屋敷を離れ、立派な屋敷で暮らす事も多かったのだ。

するとある日、良き縁を得た元くノ一から、甲賀の友へ文が届いた。嫁ぎ先で、新たなくノ一が、知り合いの嫁になると、噂になっているという。

しかし噂ゆえ、名が分からない。くノ一の姉から噂話を聞いた十郎は、西之丸御殿へ警護に向かう前に、弥九郎と蔵人を部屋へ呼び、文を見せた。

「新たに、くノ一との縁組みを考えている御仁が、いるとの知らせだ。今回も、嫁御を一旦、養女にする手はずで、まずは里方《さとかた》を探していると、噂が回っているらしい」

つまり婿の側は御家人よりも、かなり身分が高いのだ。そうやって、無理にでも妻の立場を変えるのだから、嫁にと望まれたくノ一は、加乃のように美しいと思われた。

ただ、そういう縁組みは、これまでにも何度もあった。なのにわざわざ今回、元くノ一から、甲賀の組屋敷へ文が来たのには、訳があるらしい。

「くノ一を養女に迎える為、仲人が四人現れたらしい」

十郎が告げると、弥九郎が溜息を漏らし、蔵人が眉間に皺を寄せた。

「おや、里方が四つも必要なのか？　それとも一度に四人へ、縁談が行くという事だろうか？」

「まさかと思いますが。どの家も、姉を迎える気なのでは、ないでしょうね」

蔵人の姉、吉乃は、くノ一としては文句なしの腕前で、しかも天下の美人であった。くノ一の腕か美貌、どちらかだけが優れていれば、ただ目出度《めでた》かったのだろうが、二つ揃うと事は厄介になる。

「以前姉は、一度に二人から申し込まれた事がありまして」

その時は、婿がね二人が知り合いだったので、土山《つちやま》家の父親は口実を設け、話を両方、断ってしまったという。身分のある者達を諍いに巻き込んでは、吉乃が、疫病神のように言われかねないからだ。

「その時以来、縁組みが重ならないよう、父は、気を付けておりますが」

すると十郎が茶を出しつつ、相手があることだから、思うようにいかないこともあると笑った。そして、縁組みを申し込まれるくノ一は、確かに、吉乃かもしれないと言い出した。

「我らが西之丸の警護に関わった為、最近、一門のくノ一の力を借りる事が増えた。吉乃殿達を、甲賀以外の武家達が、目にする機会も多くなったわけだ」

それで加乃も、あっという間に見初められ、縁が決まった気がする。となれば、加乃と一緒に勤めていた吉乃に、目が向かない筈もなかった。確か西之丸へ呼んだ時も、それは多くの男どもが、麗しい吉乃を見ていたのだ。

「吉乃殿は、物騒なくノ一なのだがな。男というのは、それでも美人に弱い」

ここで十郎が、ちょっと困ったような目で、蔵人へ言った。

「ひょっとすると、だ。もし、嫁にと望まれるのが吉乃殿なら、今回の縁は、あっさり断われぬかも知れぬぞ」

例えば、甲賀忍びが世話になっている相手だと、切り捨てるのは難しい。しかもそれが重なると、誠に厄介であった。

「はて、どういうことですか？」

一番年若い蔵人は、首を傾げている。十郎と弥九郎は目を見交わすと、やおら腰を上げた。

「そろそろ西之丸御殿へ、警護に行かねばならん。話の続きは、道々しよう」

「何だか、二人には分かって、私にはまだ得心出来てないことが、あるみたいですね」

どうも身内の事だと、周りと考えが違ってしまうと、蔵人がぼやいている。いかに綺麗な姉でも、ずっと側にいれば見慣れるから、他と考えが違ってしまうのだ。

「さて今度は誰が、養女という手を使ってまで、姉との婚礼を考えているのやら」

弥九郎には、何人か名が思い浮かぶが、証はない。そして、吉乃の縁組みについて、甲賀の忍びが、曲玉の占術で答えを出すのは、まず無理であった。ほとんどの忍びが、甲賀一の美女と己の縁を、占ったことがある。そして、己の情がからみ過ぎるのか、まともな答えなど得られていなかったのだ。

　三人は、組屋敷の屋根へ上がると、一気に屋根を駆けていくことにした。

「蔵人の父上、土山殿のご苦労は続くな」

　吉乃はそろそろ、婚礼を決めていい年頃だ。弥九郎は友二人と共に、江戸城西之丸を目指し、東へと走り出した。

　西之丸御殿へ着いた後、弥九郎達は、何度も、呆然とする事になった。

　まずは一橋家と縁の深い田沼老中の甥、田沼意致と、西之丸御殿の表廊下で出くわし、目を丸くした。

　この所、他国の忍び達の姿が江戸で、目に付くようになっている。よって甲賀は、西之丸表御殿へ行く機会を増やし、見知らぬ忍びが入りこまぬよう、気を配っているのだ。

　すると、忍びとは会わなかったが、何と、一橋家の家老が現れてきた。

「おっ、甲賀達が西之丸御殿の表へ来たか。そちたちに会うつもりだったのだ。文を誰ぞに託す手間が掛からず、良かった」

　意致は、何故だか勝手知った様子で、声を掛けてくる。表勤めの武家達も、その姿を見て驚く様子もない。弥九郎達は一寸、返答に困ってしまった。

すると、熱冷ましや腹痛の薬などを届け、日頃よしみを通じている、西之丸御殿の表坊主が、忍びへ寄ってくる。表坊主は笑みを浮かべつつ、さらりと告げてきた。

「甲賀のお三方は、西之丸様の警護ですから、日々、御殿中奥においでなのは分かります。ですが表の事にも、もう少し気を配られた方が、よろしいかと思いますな」

「はて、どういう事だ？」

首を傾げると、意致からも苦笑を向けられ、事情も分からないまま、恥ずかしい思いがわき上がってくる。するとここで、西之丸勤めの書院番兵藤が、御殿の表にいるのが目に入った。兵藤は口をへの字にして、困る弥九郎を見ていたのだ。

兵藤は一つ息を吐いた後、意致へ声を掛けた。

「これは、お目付殿、久方ぶりですな。いや、今は一橋家の御家老でしたかな」

「兵藤殿、甲賀達の前で、何とも分かりやすく、それがしを語りますな」

甲賀の三人は、廊下で揃って頭を下げた。

（驚いた、田沼意致殿は、以前、西之丸にお勤めだったのか）

横で十郎が唇を引き結び、また表坊主が笑った。

「西之丸御殿は、本丸を、いささか小さめにしたような場でございます。働いておいでの方も、それは大勢様おいでですので、名を覚えきれぬのも、仕方のない話で」

ただ。ここで表坊主は、笑顔で付け足してくる。

「伊賀の忍びの方々は、大勢様のお役や、上役、部下の方など、よく承知しておいでですよ」

またしても返答に詰まると、意致が、口の端を引き上げている。伊賀の得意は政だから、甲賀と差が付いているのは致し方ないと、弥九郎は思っていた。

だが、目の前にいる意致の、前のお役を知らなかったのは、やはり手抜かりであった。小柄を渡してから今日会うまでに、日はあったのだ。意致を調べ直していれば、西之丸御殿でお役に就いていた事くらい、甲賀の三人にも分かった筈だ。

（ただ……意致殿は今、一橋家と関わっている方だ。その方が、西之丸御殿に勤めていたとは、考えもしなかった）

そういう人の動き、徳川の政の仕組みを、甲賀は摑み切れていないのだ。

（これが今の、伊賀と甲賀の差か）

今まで弥九郎が、分かっていなかった差であった。

意致は、さっさと用を終わらせたいのか、甲賀忍びの様子など知らぬ振りで、袱紗《ふくさ》をこちらへ向け、話をしようとしてくる。布の下にある細いものは、おそらく小柄だろう。

（一橋家の庭へ入りこんだ、忍びの小柄だろう。おれが、尾張者から取り上げたものだ）

すると兵藤が袱紗に目を向けてから、不意に意致へ声を掛けた。忍び達はこれから、中奥で警護役を果たさねばならない。話があるなら、共に中奥へ来てはどうかと、書院番は言ったのだ。

「おや、日頃中奥を守っている忍び達はともかくとして、それがしも、中奥へ入れていただけるのか。これはかたじけない」

意致は頭を下げたが、誘われた事情が見えない為か、顔は余り嬉しげではない。一方、何故だか表坊主は頷いている。

十郎が手を使い、素早く語ってきた。

〈表坊主は御殿内の事を、色々承知していそうだ。我らは、彼らをもっと、大事にした方がよさそうだな。いや、用心すべきか〉

表坊主は、伊賀を詳しく語っていた。ということは、西之丸御殿勤めであっても、本丸勤めの伊賀から、挨拶の品を受け取っているに違いない。日頃、薬を渡しているからと、のんびり表坊主を信用していては、後悔する事になりかねなかった。

（西之丸御殿の表は、思っていたよりずっと、様々な立場の者が、入り乱れた場なのだ）

それがようよう、身に染みてきた。

（甲賀は、馴染みが無いからといって、御殿の表を、避けていてはいけなかったのだ。我ら甲賀も、お役の動きを知らねば）

弥九郎は、手を握りしめる。

その時、兵藤が僅かに指先を動かし、弥九郎達を中奥へ誘った。兵藤は意致にもまた、眼差しを向けたので、本当に中奥へ行くのかと、元目付が小声でつぶやくのを聞いた。

二

世子が住む西之丸御殿の作りは、本丸御殿と似ている。ただ御殿の建物は、本丸よりも小さかったし、勿論その分、御殿で働く武家達の数も少なかった。

しかし西之丸御殿は、本丸が火事で焼け落ちたような場合、本丸の代わりとなる場なのだ。中奥は本丸と同じく、御殿の主が日々を暮らす場で、もちろん、呼ばれもしない者が、顔を出せる所ではない。

西之丸御殿勤めをしたことがあっても、〝元〟が付く者が中奥へ行くことは、大層珍しいのだろう。御殿奥へと進む意致の背は、いささか強ばって見えた。

（おそらく何用で呼ばれたのか、分かっておいでではないのだ。正直に言えば、この弥九郎にも、用件が見えないな）

兵藤は、表により近い一間ではなく、西之丸が平素使う御小座敷の間へ、皆を誘っていく。するると、足音が聞こえていたのか、声を掛けると直ぐ部屋の襖《ふすま》が開き、小姓組の姿が目に入る。今日は、小姓組の恵吾がいないと知った後、弥九郎は僅かに目を見開いた。

（上座に、西之丸様がおられる。意致殿は、西之丸様の前で、話をする事になるのか）

甲賀の三人は入って礼を取ると、入り口近くに並んだ。西之丸の近くに呼ばれた意致は、もうぎこちない様子など見せず、久方ぶりに目通りを許された礼を口にし、御前で深く頭を下げている。

しかし、側付きの者達と一通り、決まり通りの問答を済ませた後、意致は一寸、言葉を飲み込んだ。西之丸から直に、ある問いを向けられたからだ。

「はい？　西之丸様は縁組みの事を、お聞きになりたいとおおせられますか。はて、何を申し上げれば良いものか」

　意致は目を見開き、居住まいを正している。弥九郎は、意致が中奥まで通された事情を、ようよう得心した。

（もしや西之丸様は、ご自分の縁組みについて、何か噂でも聞かれたのか）

　他の理由が、思い浮かばなかった。


　意致は驚いた様子を見せたが、西之丸が、自分の縁談について知りたいのなら、田沼家の者に問うた理由は、察しが付く。意致が、田沼老中の甥だからだ。いよいよ西之丸の正室が決まると、西之丸御殿へ話が聞こえてきたのかもしれない。

（もしや、お相手の方の名が、この場で語られるのか。ならば我らも知りたいところだ）

　主と思うお方の正室が、誰になるのか、弥九郎とて興味が湧く。

　ただ、真っ先に事情を承知する老中当人を西之丸へ呼びつければ、それだけで目立つ。ゆえに、話を聞いていそうな身内、意致が現れたと聞き、呼んだのかもしれない。

　だが当の意致は、しばし無言であった。側付きから返事を促されると、意致はやっと、いささか戸惑った声を出した。

「あの……それがしは伯父から、御簾中《ごれんちゅう》について、話を聞いてはおりませぬ。そしてその、今、伯父が何か承知とは、思えないのですが」

（おや何と、考えが外れたか）

弥九郎が眉尻を下げた時、西之丸は傍らにいる兵藤と目を見合わせた。その後、ほんわりと笑うと、意致の顔を見る。

「おお、これは思い違いをさせたようだ。意致、問うたのは、この私の妻の事ではない」

西之丸はあっさり、そう言い切った。

「小姓組など近習《きんじゅう》の者達は、御簾中に誰がなるのか、興味があるようだがな。しかし正直に言うと、私は、早く相手を知りたいとは思っておらぬ」

「お、おや。これは、とんだことを口にしまして、申し訳ございません」

「先々江戸へ来られる娘御の名を、承知したとて、なぁ。公家の名を聞いて相手の事が分かる程、京のことに詳しくはないのだ。娘御の顔が、思いうかぶ事もない」

次代の将軍の伴侶を決めるのは、将軍や、その周りの者達で、縁組みをする西之丸本人ではなかった。いつの日にか、西から江戸城へ来る相手の姫を、迎えるのみなのだ。

「父上は御台所《みだいどころ》を、大事にされている。私も、そう心がけたいとは思っている」

ただ、相手の名前に興味が向かないのは、仕方が無いと言って、西之丸は笑った。意致は心底驚いた顔で、西之丸を見つめている。

「あの、ならばその、どなたの縁組みについて、お尋ねになったのでしょうか」

弥九郎達も首を伸ばし、その答えに耳を澄ませる。西之丸はここで、ちらりと傍らを見てから、思わぬ事を口にした。

「少し前のこと、西之丸書院番の者が、嫁を迎えようと決めた。ただ、いささか相手の身分が釣り合わなんだので、一旦、他家の養女に迎えてからと考えたようだ」

「はい、よくあるお話かと思われます」

　すると意致が直ぐ、目を兵藤へ向ける。

「そういえば兵藤殿は、書院番でしたね」

　途端、兵藤が顔をあらぬ方へ向けたので、蔵人が唸るように小声を出し、弥九郎は、天井へ目を向けた。元くノ一が知らせた縁談は、兵藤のものであったのかと得心する。

（つまり兵藤殿が嫁に望むくノ一は、まず間違いなく蔵人の姉、吉乃殿だろう。前々から、気に掛けているように見えたしな）

　蔵人は、旗本の兵藤家と縁を持つのかと、不思議な気がしてくる。ただ、良き縁談であろうとは思った。

　先に嫁いだ加乃の相手も、書院番だ。だから、吉乃が同じ書院番へ嫁げば、加乃から色々聞ける。それに嫁同士、付き合う相手にも困らず安心だ。

　そして兵藤家は、大名家ほど堅苦しくはなかろうが、御家人の土山家よりも、ぐっと身分が上であった。

（うん、悪くない相手だ。蔵人の父上も、そうお考えになるだろう。おれも……安心できる）

　ただ。一見、何の問題もない話にも、なにやら不安がつきまとっていた。そもそも西之丸がどうして、わざわざ書院番の縁に興味を示すのか、そこが分からない。

(兵藤殿が側仕えだからか？　だが、他にも近習はおられるのに、西之丸様が縁組みを気にされたとは聞いていない。今回のみ、どうして中奥へ、意致殿や我らを呼ばれたのか)

首を傾げていると、一つ溜息を吐いた後、兵藤当人が語り出した。西之丸が老中の身内に、問いを向けたのだ。事情を知らせず半端に放って置くことが、出来なかったのだろう。

「田沼殿、その……お察しの通り、縁組みを考えておりますのは、それがしでして」

だが事を進めていた所、途中で縁談が止まってしまった。思わぬ話が、兵藤家の人々の耳に入ってきたからだ。

「当家の親がある旗本へ、嫁の里方になって欲しいと頼んだ所、驚く話を聞かされました。その家は一月の内に、兵藤家の頼みも入れると四回、養女の里方になって欲しいと頼まれていたのです」

同じ頃、余りに話が重なったので、戸惑ったのだろう。その旗本は嫁御の里方になる件を、全て断ったそうだ。

「おや、同じ時に同じ旗本へ、四回も依頼があったとは多いですね。いささか多すぎる」

意致が、片眉を引き上げる。ただ、その話を聞いた後、戸惑っていた意致が、余裕のある顔になった。

「それがしが今日、中奥に呼んで頂けました事情が分かりました。申し上げます。兵藤殿が語られたように、嫁御の里方にならないかとの話が、先日、当家へも来ました」

この話が聞きたかったのではと、意致は言ったのだ。

（おや、何と。意致殿のところへも、養子の話が行っていたのか）

くノ一の里方にと考えるには、意外な相手のように思えた。ただ息子の嫁取り時に、意致を通して、老中との縁を求めた者がいても、不思議ではないとも思う。

意致はここで、里方になる話を、承知しなかったと告げてきた。

「それがしの伯父は、老中をしております。この身に繋がる者は、伯父とも繋がりますゆえ、勝手は出来ませぬ」

しかし、一つ首を傾げもした。

「当方へ話を寄越したのは、坊主でして。直ぐに話を断ったので、相手の名も出ませんでした。娘御は、甲賀一門とのことでしたが」

「おや、田沼家へ行った話にも、くノ一が出てきたのですか」

兵藤に頷くと、意致は不意に、忍び達へ顔を向けた。そして、くノ一の婚礼が噂になっている事を、同じ一門の忍びは承知しているのかと、問うてきたのだ。

途端、蔵人が口をへの字にし、西之丸が笑い出す。意致が戸惑ったので、弥九郎が正直に事情を告げた。

「実は、甲賀のくノ一には、麗しき者が多うございまして。先にも一人見初められ、旗本へ嫁いだばかりなのです」

良縁を摑むことが、珍しくないのだ。よって甲賀の組屋敷では、良縁の話を聞くことはあっても、大事とは思われない。

「ちなみに、ここにおります蔵人の姉は、天女のように麗しいと、西之丸御殿に来た時、多くから評されております」

まだ縁が決まっていないのは、くノ一としての腕が、良すぎるからかも知れない。弥九郎はそう、話をくくった。

「お、おや。ということは……兵藤殿のお相手は、もしや、そのくノ一か。そういう事なら、何の障りもなく、まとまっても良さそうなものですが」

察しの良い意致は、頷いた後、更に何度か小首を傾げている。それから、今回の話は伯父の田沼老中に、一度聞いて貰った方が良いかも知れぬと、改めて口にしたのだ。

西之丸が、目をしばたたかせる。

「何だ？　意致、田沼老中に、くノ一の里方でも頼むのか？」

「いえ。旗本の縁組みに、伯父が乗り出しては、事が大仰になります。そのような事は、考えておりませぬが」

ただ意致は、里方が関わる縁組みの数が、急に増えた事を、伝えておきたいという。

「今回の縁組みには、西之丸様の側付き、兵藤殿が関わっておいでだ。そこが、引っかかります」

兵藤が、養子という手を使って嫁を貰うと、里方と新たな縁が出来る。つまり。

「その里方は、余程気を使って選ばねば。兵藤殿を介し、妙な者が西之丸に関わってきては、恐ろしゅうございます」

「えっ、心配なさっているのは、そういう事なのですか」

「兵藤殿は、西之丸様の信任も厚い。頼りになる御仁ですから」

そして、その立場が盤石なほど、縁者となった者は、裏から手を回せる。里方を頼んだ相手は、大事にされるものであった。一々兵藤家に知らせずとも、出来る事は増えるだろう。

「まさか、そんな。それがしは西之丸御殿に、家の事を持ち込んだりはいたしませぬ」

だが、そう返す兵藤の声が、いつもより弱い。すると意致が薄く笑った。

「それがしが伯父へ、そのような返答をしましたら、今頃扇子で、頭をはたかれておりますな。伯父は厳しい方ゆえ」

西之丸が関わっている時は、何事も、きちんと確かめてから返答すべきだと、意致は言ったのだ。

兵藤が赤くなると、西之丸の御前ゆえか、意致は優しげに言葉を続けた。

「なに、心配は要りませぬ。西之丸様付きの書院番が忙しい事は、皆、分かっております」

そして西之丸御殿には今、頼りになる者達がいるのだ。意致はそう言うと、甲賀の三人を見て、恐ろしく人が悪そうに笑った。

「何が、兵藤殿の縁談を難しくしているのか、忍びが疾く、調べてくれましょう。一門のくノ一の、明日が懸かっておりますれば、尚更」

気がつけば甲賀の忍び達は、何故だか、意致から仕事を命じられていた。断れそうもなかったが、意致の家来ではないので、大いに引っかかった。よって弥九郎は思わず、要らぬ言葉を返してしまった。

「意致様は、そういう笑い方をなさると、本当に、田沼の御老中と似ておられますな」

西之丸が笑いを堪《こら》える顔になると、意致がやり返してくる。

「伯父は忍び達が、ちゃんと西之丸様のお役に立っているかどうか、知りたいと思うだろう。励めよ」

　つまり今日の顚末《てんまつ》と、兵藤が望む嫁の名は、老中にまで伝わって行くと知った。

　ここで、西之丸が柔らかく言ってくる。

「兵藤は生真面目ゆえ、好いた者がいるというなら、本気であろう」

　そもそも相手と、縁が無かったのなら仕方が無い。だが西之丸御殿と関わっている事で、破談になるのは可哀相だと、声が続く。

「好いた者と添えるのは、うらやましい。力を貸してやってくれ」

西之丸御殿の主から、そう声を掛けられたのだ。忍び達に、否応《いやおう》はなかった。

意致が、口元に薄い笑みを浮かべていた。

三

江戸城内濠脇にある、半蔵門を出た先、四谷《よつや》御門《ごもん》へ向かう道の両側には、町屋が連なっている。

町の外側には、北にも南にも、広大な武家地が広がっているのだが、道沿いだけは、町人達の店と住まいが並んでいるのだ。

表通りにある大店《おおだな》の裏手には、小店《こだな》や長屋が、びっしりと建っている。甲賀の忍び達も、勤めが終わればこの町中の道を通り、組屋敷へ帰った。高い買い物など無理だが、日々使うような品を店で購《あがな》うのも、楽しみの一つなのだ。

そして夜、そんな馴染み深い町屋の屋根に、忍び達はやってきていた。

いつもの甲賀の三人だけではなく、この夜は、頼れる根来の忍び田中も、弟を連れ姿を見せている。そして根来を真ん中に挟み、反対側の屋根には、江戸城に勤める伊賀衆が立っていた。

今夜の伊賀衆は、酷く不機嫌に見えた。甲賀の三人を、夜の屋根へ呼びつけたのも、伊賀の側だ。音も無く屋根へ現れてから、弥九郎は伊賀へ声を掛けた。

「我ら甲賀も丁度、伊賀の御仁らに話したい事があったのだ。よって今日、こうして会えたのは嬉しい。本当だ」

何しろ甲賀の忍び達は、ここ暫く、厄介な縁談と格闘していた。そして調べても、その縁談を、摑み切れないでいるのだ。

「伊賀は政に詳しい。家格の話も心得ているだろう。だから是非、話がしたかった」

だが、しかし。その伊賀と会う場が、夜の、町屋の屋根だとは、いささか物騒だと、弥九郎は溜息を漏らす。

「町屋の屋根は、いきなり戦いになっても困らぬ場だ。つまり、喧嘩に誘われたようにも、思えてしまうではないか」

　よって甲賀の三人は穏やかに話す為、根来衆に頭を下げ、同道してもらった。田中が下の弟を連れてきたのは、教えをもたらすためとの事であった。

「このような夜に、何を教えるつもりなのかは、聞かなんだが」

「ああ、勝手を言って済まない。弥九郎殿、弟の事は気にしないでくれ」

　田中と、至って物柔らかに話していると、それを伊賀衆が鋭い言葉で切ってくる。伊賀衆は今宵、余程気が立っている様子であった。

「甲賀者が、見せかけだけ良き者を演じておるぞ。お主ら、我ら伊賀を嵌《は》めにかかっておるくせに、優しげに話すのが気に食わぬわ」

　言われて甲賀の三人は、思わず顔を見合わせた。日頃、伊賀とは親しい付き合いなど、出来てはいない。だが。

「いきなり、喧嘩腰で来られるような間柄でも、無いと思っておったが」

　弥九郎が正直に言うと、その返答にまで、腹が立ったらしい。伊賀衆が戦う構えを取ってきたので、十郎が慌ててそれを止めた。

「何故そうも、いきり立っているのだ。我らは本心、今宵の呼び出しの訳が、分かっておらぬ」

すると、この何という事もない返事が、伊賀衆を更に怒らせた。伊賀のことを、阿呆《あほう》だと思っているのかと、言葉が続く。

「甲賀は、尾張の忍びから取り上げた小柄を証にして、一橋の屋敷へ押し入ったのが、伊賀だと言いたてただろうがっ」

そして何と、伊賀と関わる大奥が、西之丸へ悪しき考えを持っていると、老中へ伝えたというのだ。

「『大奥は今、身分あるお女中が、西之丸書院番の縁談までをも邪魔している』。御老中へ、そのようにも伝えたであろうっ」

弥九郎達は三人で、顔を見合わせる事になった。

「はて？　ここのところ、御老中にはお会いしておらぬが。大奥とは何の事だ？」

一体何故、ここで大奥が出てくるのだろうか。本気で分からずにいると、伊賀衆は、訳の分からない話を重ねてくる。

「蔵人殿、お主の姉御、吉乃殿が麗しいのは、承知しておる。だからといって、弟まで威張り、同じ忍びの伊賀を、追い落としに掛かるとは、どういうことだ」

だが、吉乃の器量自慢はいい加減飽きたと、伊賀衆は言いつのる。

「そろそろ嫁に行かぬと、美人でも、行き遅れるぞ」

「姉はまだ、十七ですっ」

「くノ一の年など、どうでもよい。さっさと例の小柄をこちらへ渡し、我らへ頭を下げるように」

「そちらが姉を、行き遅れのように言ったのではないかっ」

蔵人の声が、ぐっと低くなる。話しても、互いの言葉が届かない様子を見て、鬼瓦に足を掛けた弥九郎は、息を吐いた。

すると、その一瞬の動きに、隙を見たのだろうか。もう止める間もなく、伊賀の忍びが揃って動いた。

途端、甲賀の三人も、屋根から姿を消す。屋根の上には、根来の姿のみが残った。

「やはり、止められなんだか」

根来の田中が、大店の棟瓦《むながわら》をまたぎつつ、諦めたように言った。それから、さして困った様子もなく、弟へ目を向ける。

「お前は目の前で、伊賀と甲賀が争う場など、見た事はなかろう。きちんと目で、技を追うように。今夜は戦いを見せる為に、わざわざ連れてきたのだ」

誰がどこで、どのような技を使ったか、後で問うと言われ、弟は頷く。そして目を凝らし、屋根を見渡した。

だが伊賀衆も甲賀の面々も失せたままで、四谷まで続く屋根の上に、戦う姿などなかった。弟が寸の間、動けずにいるのを見て、田中は口元を歪めると、そのまま屋根に目を配っていろと告げる。

そして。

「来るぞ」

どこに潜んでいたのか。いきなり二つの影が空で打ち合った。そのまま分かれて瓦へ降り立ち、しかし音は立てなかった。

「あの高さから降りて……凄いっ」

「今日、顔を見せている伊賀衆は、上忍の血筋だ。顔も覚えておけ」

甲賀と違い、伊賀は一門の意向を決める時、大勢を集めての話し合いなどしない。伊賀がどこを向くべきか決めるのは、上忍三家だと田中は語る。

「さて、伊賀の上忍の、腕前やいかに」

つぶやいて直ぐ、田中は黙った。弥九郎の姿が空に向かったと思ったら、一気に屋根にいた伊賀へ打鉤を投げたのだ。伊賀は屋根を駆けたが、弥九郎は降りてこない。

「何でだ？　どうやって浮いているのか」

弟の目が釘付けになった時、別の伊賀が風のごとく、近くの屋根を駆け抜け、根来の二人は煽《あお》られた。十郎が風の先を遮《さえぎ》り、伊賀の忍びが飛び退いて間を取った。

伊賀は素早く姿を移していくが、何故だか十郎は、その行き先を塞いでいる。伊賀が劣勢であった。

「何であんな事が、出来るのでしょう？　分からない」

まるで敵が何処へ移るか、十郎は承知しているかのようで、気味が悪いと弟がこぼす。田中が口をひん曲げ、苦笑した。

「そうだな。十郎殿の戦い方は、派手ではない。だが、何かこう……重く強いのだ」

勝てる気がしない戦いだと田中が言い、弟が頷く。

次に夜の中から、ふと、蔵人のつぶやきが聞こえた。蔵人ときたら、伊賀相手に戦いながら、愚痴を漏らしていた。

「縁談が妙な事になったのなら、兵藤殿は、姉以外との縁を考えれば良いのです。無理にくノ一を嫁にと考えるから、騒ぎになるのですよ」

その余裕を狙い、伊賀者が蔵人の背後に回ると、何と忍び刀を振り下ろす。途端、蔵人がそれを、素手で受け止めたように見えて、田中の弟が短い悲鳴を上げた。

だが、がきりと嫌な音がしたと思ったら、刀の方が折れて飛ぶ。

「おっ、蔵人殿は手から、何かを生やしているぞ。あれは……尖らせた苦無《くない》か？」

蔵人は、指の間に鉄の爪《つめ》を潜ませ、それで刀を受け止めていたのだ。相手の伊賀者が屋根から落ちたのを見て、田中が再び口元を歪めた。

「あんな爪を振り下ろされては、熊に行き合ったより、厄介に違いない。命が危ないわ」

その時、夜を飛ぶ弥九郎が、相手の伊賀者を屋根へ落とした。今度ははっきり、大きな音が響いたのを聞き、田中が急ぎ、双方へ声を掛ける。

「ここまでだ。大音がしたゆえ、事を終えるぞ。町人達が様子を見に来る。引けっ」

だが屋根で三組も争っていると、低く語られた声のみで、止まるものではない。弟から、戸惑うような目を向けられた田中は、いきり立った忍び達の止め方を、一つ示す。

「ええい、聞き分けのない奴らだ」

夜の中、田中が大きく腕を振るう。すると、くぐもった、どんという音が響き、辺りが濃い灰色の雲に包まれた。

瓦や茅葺《かやぶ》き屋根と似た色味だから、夜が明けた後、雲の粉が残っても、目立ちはすまい。だが、一気に周りが見えにくくなり、忍び達はさっと、互いの相手から引いたのだ。

「これにて戦いは終わりだ。まだ足りぬのなら、口でやれ」

田中がぴしりと言い、場を収めにかかる。伊賀と甲賀の忍び達は、ようよう戦いを止めたが、互いにまだ収まらぬ顔をし、夜の町屋の屋根から根来を睨んだ。

四

田沼家の家老は、甲賀と根来が寄越した忍び達を、大いに気に入っていた。

遠江《とおとうみ》相良《さがら》藩藩主、田沼老中は、昔の、より気軽な立場が、今も身から抜けていない。供を連れず、どこぞへ突っ走ってしまうから、家老は小言を言わねばならないのだ。

だが甲賀達が警護役を寄越すと、相良藩ではいつも、忍びが主の側近くにいることになった。家老は小言を減らしたので、田沼老中は新参者達を気に入り、言葉を交わすようになったのだ。

するとある夜、甲賀の警護が、部屋で文机《ふづくえ》に向かっていた田沼老中へ、背後からおずおずと声を掛けた。

「あの、我が殿。今、話をしてもよろしいでしょうか」

背を向けたまま頷くと、実は、甲賀の上忍弥九郎が、目通りを望んでいるという。

「いつ、そのような事を言ってきたのだ？」

「ほんの、先程の事でして」

「おや……もしや、縁談の件か」

しかし、今宵警護をしている忍びは、ずっと田沼の側にいた筈だが、いつの間に弥九郎と話を交わしたのだろうか。田沼は興味を持って、側付きの警護役を眺めた。すると警護役は急ぎ、弥九郎の言葉を伝えてくる。

「西之丸書院番の縁談の件で、お伝えしたき事があるとか」

やはりそうかと、田沼は口元を歪める。その話は既に、甥の意致から伝えられてはいた。そして本来旗本の縁談は、老中でもある田沼意次へ、知らせてくるような話ではない。

だが。

西之丸御殿での騒ぎは、いつ、世子に関わってくるかもしれず、危うかった。

「どうせ忍び達は、近くにまで来ているのだろう。呼べ」

老中が告げると、返事よりも早く、あっという間に甲賀の三人が、部屋の端に並んだ。田沼は眉間に皺を寄せ、心の臓に悪いと文句を向けてみた。

すると馴染みの忍び、甲賀の弥九郎は、それにしては落ち着いた声だと、田沼へ堂々と言ってきた。一寸睨むと、三人は揃って頭を下げ、驚く言葉を続けた。

「実は今宵、伊賀と根来の忍びも、連れております。御前に姿を現しても、よろしいでしょうか」

「庭だ」

考えの外の場所にも現れる事が出来るか、試してみると、暗い庭に何名かが現れていた。手《て》妻《づま》のようで、つい、面白がりたくなる。しかし、それを悟られぬように、真面目な顔で問うた。

「この屋敷に、忍びが集うた訳は何だ。甲賀はなぜ、伊賀と根来を伴った？」

「では、この十郎が、御前に現れました事情を、説明いたします」

十郎という忍びの声は、静かで重い。夜と似ているように思えた。

「忍びが多く顔を見せましたのは、今回の事に、他の忍び達も関わっておりますからで」

実は先刻まで、甲賀は伊賀と揉め、町屋の屋根で争っていたという。田沼は薄く笑い、見てみたかったとつぶやいた。部屋へ突然現れるような忍び達の争いは、おそらく、驚くような物であったに違いない。

ただ十郎の話は、思わぬ方へ逸れていき、忍びの戦いを思うどころでは無くなった。

「先日、御老中の甥君意致様が、西之丸御殿へ来られました。その時、婚礼の騒ぎを耳にされ、西之丸様と関わりがある為、我らに調べるよう言われました」

よって忍び達は、意致が老中へ、既に話を伝えておると考えたのだ。それで甲賀は今宵、今、その話がどうなっているか、老中へ伝えに来たと言った。

「お伝えしておかぬと、気が利かぬと、お叱りを受けそうなので」

「確かにな」

田沼が話の先を促すと、忍び達は今、何を行っているかを語った。

「くノ一を養子にしてくれと、旗本に頼んだのは誰か。四人いる筈で、まずはそれを調べております」

当然、兵藤家は頼んでいる。そして、庭に来ている根来の者が、吉乃との縁組みを考えている男の名を、早々に考えついた。

「田中殿が、西之丸御殿に勤める、恵吾殿の名をあげまして」

「ほう、西之丸御殿の小姓組か」

相手がはっきりしていれば、調べはやりやすい。忍び達はあっさり答えを得た。

「恵吾殿も、やはり吉乃殿との、縁組みを考えておられました。御老中、どう確かめたのかと問われるのですか？　ええ、弥九郎殿が本人に会い、正面から問いました」

「弥九郎ときたら、そんなやり方をしたのか。よく、恵吾殿に殴られなんだな」

「あの、拳固を振るわれましたが、避《よ》けました」

確かに、いささか遠慮の無いやり方であったが、それ故、間違いが無い。

「その、恵吾殿がご自分の意向を、西之丸様へ話していなかったのには、分かりやすい事情がございまして。兵藤殿が恵吾殿より先に、西之丸様へ話をなさった。で、言いづらかったのだとか」

ただ、吉乃の里方を探し始めたのは、恵吾の方が早かったらしい。相手が西之丸と縁のある旗本だったので、頼みやすく、話が重なったのだ。

田沼老中は頷いた。

「その里方へ頼んだ、他の二人は誰であった？」

老中が問うと、まだ相手を摑めずにいると、甲賀が素直に白状した。里方へ問えば、誰が話を持ってきたか、分かりそうなものだが、間に立った者がおり、はっきりしない。

「よく縁組みの世話をする、本丸御殿の表坊主が、里方へ頼んだ事は分かっております。ですが表坊主は、恐ろしく口が堅いのです」

里方になることが決まらなかったので、表坊主は旗本へ、頼んだ者の名を語らなかったのだ。まとまらなかった縁談について、うっかり多くを語ってしまったら、その表坊主に縁談を頼む者はいなくなる。今後、表坊主への礼金と感謝が無くなってしまうから、絶対に喋らないと思われた。

「ただ、里方を頼まれた側が、覚えていた事もありました。御老中、話を持ち込んできた一人は、身分ある女の方のようだったと、おっしゃっておりまして」

「ほう、おなごが関わったのか」

「驚く話です。旗本の家の嫁取りです。当主の意向が決まらねば、進まない話です」

なのにおなごが、表に立って関わっていたのだ。

「一体、どういう立場のお方なのか」

この時弥九郎は、一拍、話の間を置くと、老中の顔を見つつ、不意に話を変えた。庭に控える、伊賀の話を語り出したのだ。屋敷内は静かで、小さな声でも響く。行灯の火の上を、蛾《が》が舞っているのが見えた。

「先程申しましたように、我ら甲賀は今夜、伊賀と揉めております。伊賀衆から急に、文句を言われましたゆえ」

甲賀の忍びが、故の無い話を御老中へ伝えたと、伊賀は怒っていたのだ。

「大奥のお女中が、ある書院番の縁談を邪魔したと、嘘を伝えたとも言われたのです」

「おや」

甲賀は、縁談を調べている最中で、御老中へ知らせなど入れていなかった。今日、こうして屋敷を訪れるまで、伝言すら送っていないと言ったのだが……互いに信頼の欠片《かけら》も見いだせず、喧嘩になったのだ。

それで疑いを解くため、伊賀衆をここへ伴ったと、弥九郎は続ける。

「ただ喧嘩を終えた後も、疑問が残りました。何故伊賀衆が縁談にからめ、大奥女中や、田沼様の名を出したのかということです」

くノ一の縁談に、大奥は関わっていない。西之丸御殿の者も、大奥へ何か頼んだとは、言っていなかった。

「ならばどうして伊賀が、甲賀と大奥の関わりを考えたのか。思い切り揉めた後、答えを聞けました。すると、です」

返事は当の伊賀衆が、庭からした。

「ご身分の高い、ある大奥のお女中が、西之丸御殿の縁談について、興味を持っておられました。それが、側付きである書院番の嫁取りだったので、よくご存じだなと思っておりました」

すると、その後直ぐに、西之丸御殿から騒ぎが聞こえてきた。

「西之丸書院番の嫁取りが、上手くいかなかったと聞いたのです。一寸、ひやりといたしました」

件のお女中が、関わったという証はない。だが伊賀達は、お女中が縁談を邪魔したのではと、案じる事になった。腕の立つ甲賀忍びからやり返されては、一大事となる。

そして案じていた最中、甲賀の忍び達が田沼家の意致と、西之丸御殿で会った。何と、意致と甲賀衆は、中奥で話をしたのだ。

おそらく甲賀はお女中の事で、田沼老中とつなぎを取ったのだろうと、伊賀の組屋敷で声が出た。お女中は、御年寄《おとしより》という高い立場の者であり、伊賀は大奥の為にも、守らねばならなかった。

「は?」

驚いたのは、当の老中だ。

「わしは、甥からも甲賀からも、大奥の事は、何も言われておらぬが」

あっさり告げられ、伊賀達は黙り込んでいる。

老中は、一つ間を置いてから少し笑った。そして、大奥の御年寄の名を出した。

「今、伊賀衆に心配される程のお女中と言えば、御年寄の滝之川《たきのがわ》殿であろう」

そして滝之川が関わっているのであれば、心配は要らないとも語った。滝之川は老中と、昔からの顔見知りだという。

「滝之川殿は昔から、面倒見の良いお女中でな。西之丸御殿が関わった、養子の話を耳にし、案じられたのではないかな」

「あの、書院番の婚礼を、大奥の御年寄が案じられたのでしょうか」

「弥九郎、よくある養子の話とはいえ、嫁ぐ娘がくノ一では、里方が見つかりにくいと考えたのだろうよ」

西之丸への助力の為、滝之川が里方を探したのではないかと、老中が続ける。

「うむ、ならば、大奥が関わったと噂になったのも分かる。このわしの名が出たのも、頷けるな」

老中もこれまでに縁談などで、人を間に挟み、大奥の滝之川の世話になってきたという。大いに有り難い相手だから、御年寄の要らぬ世話は見逃せと、話が続いた。

「これで、里方を探した三人目が分かったな。弥九郎、残りの一人は誰だ」

証も、他の考えも示さず、老中は勝手に、三つ目の話と関わったのは、滝之川だと決めつけた。縁ある御仁だから、老中の言葉は、間違ってはいないだろう。相手が御年寄では、ここで話を終えるのが賢いやり方なのだ。

だが、弥九郎は顔を顰める。

（何か、誤魔化されているようにも思えるな。滝之川様と御老中は、縁が深そうだ）

納得出来なかったので、思わず強い言葉を、老中へ返してしまった。言ってからまずかったと考えたが、言葉は口に戻ってくれない。

「残りの一件は、まだ分かりませぬ。御老中、滝之川様の事を、この場で見抜かれたのです。もう一件も見抜いて下さればと思います」

文机の前から、反故《ほご》を投げられた。すると十郎が、落ち着いた声で割って入り、語り出す。

「今宵、御老中の前に参上しましたのは、里方を探していた、残り二人を探す為でもありました」

一人が御年寄滝之川と知れたのは、有り難い事だと、十郎が深く頭を下げる。ただ残りの一人は本当に、見当も付いていなかった。

「不機嫌な伊賀衆にも、いつも多くの話を摑んでいる根来衆にも、頭を下げました。一門のくノ一の明日が懸かっていることゆえ、甲賀の忍びも、多くが聞き込みに回りました」

それでも未だに……里方を探していた四人目が、見つからないのだ。これが何とも不思議だと言い、甲賀の面々は老中を見つめた。

「嫁御を迎える為、里方を探していた御仁が、どうしてこうも、分からないのでしょうか。密やかに探さねばならない事を、した訳でもないでしょうに」

老中は眉を顰め、首を横に振った。

「分からぬな。はっきり言うが、わしではないぞ」

今宵、忍び達がわざわざ、老中の屋敷に現れたのは、それをも確かめに来たのだろうと、あっさり言い当てられた。忍び達に分からぬよう、何かをこなせる者は少ない。よって、兵藤や吉乃の名を承知している田沼老中に、忍び達の目が向いたのだ。

「だが、その思いつきは外れだ」

庭にいる忍び達が、小さく息を吐く。すると老中は、一言付け足してきた。

「四人目を、早く突き止めるのだな。意致の考えは当たっておる。このままでは西之丸様が、安心して暮らせぬぞ」

「……はい、励みます」

今後辿るとすれば、表坊主の縁だろうが、これは本当に難しい。弥九郎は溜息を漏らしそうになった後、畳に転がっていた反故を手にしてから、甲賀の警護役へ、礼を手で伝えた。

そして他の忍び達と共に、一寸の間に部屋から消えた。

五

田沼家から離れた後、忍び達は、近くにあった内濠沿いの門の上へ、一旦集った。そして弥九郎はそこで、まずは根来へ礼を言い、その後伊賀衆へ、先ほどの反故を差し出した。そして、今日、田沼家へ同道してくれた礼に、その反故を伊賀へ渡すと言ったのだ。

反故はこの後、滝之川という身分の高いお女中へ、渡せば良かろうと付け足した。

「田沼御老中は、仕事で文を出されるとき、文章を任せる右筆《ゆうひつ》を使っておられる」

老中職は忙しいゆえ、文など書く時は、最後に署名をするのみなのが、並の事なのだ。ほとんどの者は、田沼老中の筆跡など知らないだろう。だが。

「御年寄滝之川様は、その反故、喜んで下さると思う。差し上げてはどうか」

「何が書いてあるのだ？」

伊賀が戸惑うと、弥九郎は首を傾げた。

「さあ」

「中身も知らぬのか。どういう事だ」

低い声が聞こえたので、弥九郎は伊賀を宥《なだ》めるため、急ぎ反故を開いてみた。知り人へ渡す御礼の文を書き損じたようで、反故には意次という名すら、書かれていない。意外と達筆だと、弥九郎は字に見入った。

「うむ、おそらく、喜んで頂けましょう」

「こんな書き損じを届けて、御年寄が喜ばれるかな。どうも納得いかぬ」

「要らぬと言われましたら、捨てればいいだけの話です。手間は掛かりませぬから」

そう言われてもと、伊賀は顔を顰めていたが、とにかく反故は届けてくれると言った。弥九郎が出した反故は、その後、御年寄滝之川の手に渡ったのだ。

すると、後日のこと。

弥九郎達三人は、次に百人番所の勤めから帰る時、伊賀者と出会った。半蔵門を出た先の道で伊賀の姿を見たのは、初めての事であった。

そもそも勤めに入る日が違うので、帰宅時に、伊賀と甲賀が出会う事はない。甲賀と話す為、伊賀はわざと人通りが多く、却って話を聞かれにくい通りで、甲賀を待っていた。

「おや、こんな所で会えるとは。夜の屋根の上よりも、嬉しいぞ」

弥九郎は明るく声を掛けたが、伊賀者は今日も、無愛想であった。ただ用はあるようで、人通りの多い道を四谷御門へ向かいながら、己から甲賀の三人へ話しかけてきたのだ。

「弥九郎殿。先日貰った、反故の事だが。組屋敷で一門の者達に見せても、顔を顰められるばかりだったぞ」

火鉢へくべてしまおうと言う者も、結構いたという。だが、田沼老中の筆であるのは確かなので、反故は一応、大奥の警護へ向かう者に託された。

おなごの園といえども、お女中達は表に勤める武家と、全く縁がない訳ではない。反故はやがて、大奥の中へ消えていったのだ。すると。

伊賀者が、弥九郎を見つめてくる。

「何故、あの反故が喜ばれると、分かった？」

誰が書いたものか告げもしない内に、滝之川はあの反故を胸に押し抱き、涙を浮かべていたという。

伊賀者は、今まで滝之川がそこまで喜ぶ姿を、見たことも聞いたこともなかった。大奥で力を振るう御年寄は、そもそも武家達に、涙など見せはしないのだ。

「そうか、御年寄滝之川様は、やはり、反故を喜んで下さったか」

渡して良かったと、本心から口にした。そして弥九郎はさらりと、なるだけ短く事情を語った。

「そこまで喜ばれたのだ。名も書かれていなかったが、反故を誰が書いたのか、滝之川様は分かった事になる」

つまり滝之川は、御老中の筆を承知していた。どこかで見る事があったのだ。

「御老中は、先代の上様が世子であられた頃、小姓をされていたとか。その後も、先代様の側近であられた。その頃滝之川様は、書いたものを見る事が、あったのかも知れないな」

弥九郎の言葉に、伊賀者が頷く。田沼老中は出世を重ねているから、色々な立場を経ており、若い頃の御年寄とも、縁があった事は考えられた。だが。

「だが、どうしてそれで、反故を欲しがる事になるのだ？」

その時蔵人が横から、それは分かりやすく、事情を告げた。

「あの、兵藤殿は、姉が書いたものなら、書き損じの反故でも、拾って袂《たもと》に入れると思いますが」

「は？　兵藤殿と滝之川様が、どう関わるというのだ？」

「田沼御老中は、若き頃、涼しげな面立ちだと、騒がれていたそうで」

「えっ？　蔵人殿、何を……」

「大奥でも、好ましき顔立ちの殿方だと、噂になっていたようです」

「田沼御老中が、か？　そんな噂も耳にしたことはあるが……しかしそれは御老中に対する、分かりやすい追従《ついしょう》ではないのか？」

　今は老中も御年寄も、双方老齢になっている。そして老中に会った時、涼やかな、などという言葉を口にする者は、いないのだ。

「滝之川様が覚えておいでなのは、昔の田沼様ですよ、きっと」

　今でも筆跡が分かる程、田沼老中の、若かりし頃の姿を忘れずにいたのだろう。蔵人がそう言葉を向けると、伊賀者はいささか慌てた。

「あの田沼様が、涼しげな面立ちの殿方？」

　伊賀者達が通りで寸の間、ただ、足を止めている。

「それに、若い頃の田沼様に会ったと言っても、短い間の事でしょう。滝之川様は直に話すら、してはおられぬかも知れません」

　だが蔵人が話している内に、伊賀者はゆるゆると驚きを沈めていった。

「そうだな、若い頃は誰にでもあった筈だ。あの御老中にも、滝之川様にも」

　滝之川はずっと、老中の役に立って来たらしいと、弥九郎は言ってみた。田沼老中自身が、先日の夜、そう言っていたのだから。

「あの御老中から、直ぐに庇われる程、役に立たれていたのだ」

　若い頃の二人を見た思い出が、伊賀者には無いだけの話なのだ。それに思い至ったのか、伊賀者はもう、反故を大事に受け取った御年寄の事を、あれこれ言わなくなった。

その代わりに、道を歩みつつこちらへ目を向けると、反故の礼だと言って、驚くような事を告げてきた。

「我らは、田沼御老中のお屋敷から帰った後、里方を探していた四人目を知る為、動いておった。我ら伊賀こそ、事を真っ先に突き止め、滝之川様へお知らせするべきだろうと、思ったのでな」

伊賀衆には、この件をどうやって調べたらいいのかが、見えていた。縁談の事なら守りが堅くとも、やはり表坊主に聞くに限る。そして、旗本辺りの縁組みに一番強いのが誰か、伊賀には分かっていたという。

ところが、だ。

「失敗した。四件目の里方を探していた者の名を、摑みそびれた」

「お、おや」

その訳ははっきりしていると、言葉が続く。伊賀は目当ての表坊主と、会えなかったのだ。

「何と、伊賀衆がめずらしい」

「その坊主だが、本丸の御殿勤めを、少し前に辞めていた」

「えっ？」

突然の話に、弥九郎達が目を見開く。伊賀者によると、急な病で勤めが無理となったとかで、その表坊主は、登城していなかったのだ。

跡目を、まだ本当に若い甥が継いでいた。

「家の者達は表坊主の体を案じ、早々に、箱根《はこね》にまで湯治《とうじ》にやったと聞いた」

ここで伊賀者が、にたりと笑う。

「実はな、我らはそれを聞いて、箱根へ行ってみたのだ」

「おおっ、素早いな」

これには本心から感心して、甲賀の三人が声を上げる。伊賀者は一寸胸を張ってから、しかし苦々しく続けた。

「だが……表坊主は、既に箱根の七湯《しちとう》には、おらなんだ」

何でも、箱根の湯は病に合わなかったとのことで、早々に、もっと西へ向かったらしい。病人ゆえ、船に乗ったと聞き、伊賀衆はそれ以上、追う事が出来なかった。

「見事に、表坊主に逃げられたわ。あの表坊主こそ、我らが探していた相手だろう」

だが、証はない。そして、誰が、何の目的で、吉乃の里方を探していたのか、これで分からなくなったと、伊賀者は続けた。

「四件目の里方の件だが、これでうやむやになっていくだろう」

病の表坊主が、事情の全てを背負い、西へ消えた気がする。いや誰かが表坊主を疾く、江戸から消したのだと言った。

「話を承知している者を殺さず、逃がしたのだ。里方を探していた者は、金があり、立場もある者だという気がする」

ならばと、伊賀者が真顔になった。

「西之丸御殿の、書院番と小姓組の者が関わる縁談は、さっさと片を付けるべきだな。麗しきくノ一は疾く、嫁にやれ。また騒ぎにならないよう、今回縁談を決めてしまえ」

里方ならば、他にも見つかるだろうと、伊賀は言う。それが西之丸の身をも守ることになると言われ、蔵人は黙ってしまった。弥九郎もその一言で、いよいよ組屋敷から、吉乃がいなくなる日が近いと分かった。

おそらく残った問題は、吉乃が、どちらの男に嫁ぐかという、話のみだったのだ。


甲賀の忍び達は後日、西之丸御殿の中奥に集った。御殿の主から、話したいことがあると、呼び出しがあったからだ。

西之丸には少し前に、里方の件について調べた事を、知らせてある。よって、その件での呼び出しだろうと、弥九郎達は話していた。

今回も、日頃西之丸が使っている御小座敷の間へ、甲賀の三人はそっと通された。主の西之丸へ挨拶をした後、顔を上げると、今日は兵藤、それに恵吾の姿が側に無かった。

（やはり西之丸様は、縁談の事を話されたいのだろう）

一通りの礼儀が終わると、西之丸の困ったような溜息が、部屋内に漏れた。

「同じ頃に、側仕えが二人、同じ美人に惚《ほ》れるとは。なんとまあ、揃ったものだ」

事がはっきりしたのは良いが、さて、この後どうするべきかと、西之丸が吉乃の身内、甲賀達へ問うてくる。兵藤と恵吾は双方とも、西之丸からの信頼が大層厚い。年も似ているし、家格も財も、似たり寄ったりなのだそうだ。

顔など見た目は、おなごの好み次第という所であった。よって、どちらが麗しいくノ一を妻にするのか、ここ何日か、西之丸御殿で噂になっているという。

「困った。もう随分考えているのに、助言一つ出来ない。吉乃殿の嫁入りの件、私はどう動くべきだろうか」

すると今日は蔵人が、真っ先に口を開いた。

「姉をそろそろ嫁がせろと、父が、甲賀の長から言われました。もう縁談の騒ぎは、要らないとの事です」

土山家の主もいい加減、事を先送りできないと腹を決めたのだ。つまり吉乃の嫁ぎ先は、今回決まる。

「兵藤殿も恵吾殿も、良きお方ゆえ。父はどちらの方へ嫁がせても、構わないそうです」

西之丸は頷き……また困った顔になった。

「そこまでは、大丈夫なのだ。さて、この先を、どうしたら良いものか」

ここで、弥九郎と十郎が、目を見交わした。すると西之丸が直ぐに、二人に声を掛けてくる。

「弥九郎、十郎、何か考えがあるようではないか。構わぬから、言ってみてくれ」

一体、天下の美女と添うべきは、どちらの男なのか。十郎が咳払いをし、弥九郎が頷いた。

「その……弥九郎が申し上げます。先に一門の長達から、面白い考えを伝えられました」

弥九郎や十郎が、思い付いたことではない。こういう事を上手くさばくには、やはり、年配者の経験がものを言うのだ。

「これは甲賀の一門の、長老達が出した案でございます。ある忍びは……吉乃殿自身に決めさせてはどうかと、言っておりました」

「嫁ぐ本人に、相手を選ばせるのか。それは良いが……決定を二人へ話す時、大事になりそうだな」

するとここで、十郎が首を横に振る。そして何も杓子定規に、吉乃の考えを当人達へ、伝える事はないと言ったのだ。

「吉乃殿の意向が分かったら、後は長老達が、適当な口実を考えると言っております」

たとえば、どちらかの屋敷が、吉報の方角にあるから話がまとまったとか。

もしくは片方の、三代前のご先祖と甲賀に、なにがしかの縁があったから、婿に選んだとか。

「そんな、訳の分からない話をして、縁組みを決めるのだそうです。吉乃殿の意向と言っては、事が重くなるからと」

馬鹿馬鹿しい訳を告げれば、要らぬ噂になる事は防げる。二人もその内、事情に気がつくだろうが、縁を失った者も、諦めが付くというものであった。

西之丸が、大きく頷いた。

「なるほど、そうやって事を終わらせるのか。うむ、そのやり方なら吉乃殿も、好いた相手と添えるな」

甲賀の三人が、西之丸へ頷く。

里方を探す四人目を、甲賀は見つけられなかった。だが、あの後意致が、くノ一の里方になる旗本を見つけてくれたので、縁組みの目処は付いているのだ。

(後は、婿の名が決まるだけだ)

忍び達は、ほっとした顔の西之丸を、久方ぶりに見る事になった。

後日、甲賀の組屋敷から、吉乃の父土山と長が、ある旗本の屋敷へ向かった。そして程なく土山家のくノ一吉乃と、旗本の跡取り息子との縁が整う話になったのだ。

何と、名の相性が良い事が、話がまとまった理由だという。

話は直ぐに西之丸御殿に伝わり、告げられた婿の名に、書院番と小姓組の面々がどよめいた。中奥の他の部屋にいた西之丸も、婿に誰が決まったかを早々に承知し、こちらが選ばれたのかと、感慨深くつぶやいたという。


吉乃は甲賀の組屋敷で、長と父へ、嫁ぎたい相手の名をはっきり告げた。

「兵藤殿へ嫁がせて頂きたいと、考えております」

正直に言うと、その時、家に居た蔵人は、選ばれるのは恵吾かと考えていたので、驚いたという。弥九郎や十郎と話した時も、三人の考えは揃っていた。恵吾の方が、すこしばかり真面目で、優しげで、顔も整っており、良き婿がねのように思えたからだ。

親達との話が終わった後、蔵人は姉の部屋へ飛んで行き、兵藤を選んだ訳を問うた。すると吉乃は、他のくノ一達とも話し、皆、兵藤が良かろうと言っていた事を、弟に教えたのだ。

「えっ？　それは意外でした。その……」

「御家人の娘、くノ一が旗本に嫁げば、やはり大変な事もあるそうです。先に嫁がれた加乃さん達からも、色々、苦労話をお聞きしました」

そして何かあったとき、嫁ぎ先で頼りに出来る男はどちらか。それが相手を決める、大事な一点であったと吉乃は語った。くノ一達は、真面目で優しい恵吾では、吉乃より、親や家を一に考えそうだと、眉根を寄せたのだ。

「嫁いだ後は、夫一人が頼りとなります。兵藤殿なら、親から怒鳴られても、妻を守ってくれそうだ。くノ一は皆、そう考えておりました」

男達は、婿がね二人の事を、ほぼ同等だと思っていた。しかしおなご達から見ると、二人には思いもかけない程の、差が付いていたのだ。

「何と……そういうお考えだったのですね」

蔵人は寸の間呆然とした後、深く頭を下げ、姉へ、幸せになって欲しいと願ったという。

その話は早々に、組屋敷の友二人にも伝わった。弥九郎達三人は、後に御殿へ顔を見せた時、西之丸へ事情を告げる事になった。

そして、この時ばかりは身分に関係なく、中奥にいた男達は、揃って顔を強ばらせたのだ。西之丸など、事情を知り魂消ていた。

「驚いた。兵藤が選ばれたのは、夫として頼りになると、おなご達に思われたからか」

恵吾でも頼りにはなる筈と言い、将軍家の世子は、首を傾げている。

一方弥九郎はその時、御小座敷の間の奥で一人、息を吐いていた。養女の里方を探していた四人目が誰なのか、まだ分かっていない。その思惑も、摑めていなかった。その誰かは、思いもかけない程、恐ろしいのではという気がする。

忍びは早々にそちらへ、考えを向けなくてはならないと承知していた。

だが、今日は気を引き締められなかった。

(これで、長年の思いにけりが付いたではないか。情けない)

己もその内、禄の多くない御家人の跡取り息子として、縁談と向き合う日が来るのだろう。

(その時おれは、兵藤殿のように、妻を守る男だと、思って貰えるのだろうか)

いささか自信はないが、こればかりは仕方がない。弥九郎は、西之丸御殿の中奥から、青い空へ目を向け、嫁ぐ、くノ一の幸せを、ただ祈る事になった。

第九章

毒の噂

一

晴れ渡り、風も穏やかで快い朝のことであった。

珍しいことに、急使が江戸城に駆け込んで来ると、番所での問答も早々に終え、本丸御殿へ向かったのだ。丁度、甲賀も百人番所にいた日で、忍び達は互いに顔を見合わせた。

「まさか、また西之丸様の行方が、摑めなくなったのではないだろうな。いや、そんな事は、もう起きまい」

「あの時は、西之丸様からの、他出の知らせが、上手く届かなかっただけだったと聞いたぞ。また何か、不手際があったのか？」

番所がざわつき、やがて、政を行う城の表までが、落ち着かなくなっていった。そして、広大な城中の奥の部屋で、多くの武家達が足早に駆ける事になった。

驚くべき一報が、西之丸御殿へもたらされたのは、本丸御殿よりも少しばかり早かった。

弥九郎達、甲賀の上忍三人は、風のごとき早さで西之丸御殿に姿を現すと、政を行っている御殿の表へは入らず、屋根から中奥へと向かった。そして庭近くの部屋にいた西之丸と、側付きらを目に留めると、問答無用で部屋の奥へと、一同を押し込んだのだ。

御小座敷の間で障子戸を立て切り、周りの部屋と天井、床下にまで目を配ると、忍び達はやっと素早い動きを止めた。そして、目を見開いている西之丸達と向き合い、ようよう十郎が口を開く事になった。

「こういう力業《ちからわざ》をしても、甲賀は、西之丸御殿の方々から、刀を向けられなくなりました。ありがたいことです」

その一言の後、忍び達は揃って頭を下げた。そして何があったのかを問われる前に、弥九郎が短く凶事《きょうじ》を告げる。

「鷹狩りを開くため、御公儀の御鷹狩場で用を行っていた者達が、昨日、野で倒れました」

弥九郎は、鳥見《とりみ》役、鳥見見習《みならい》、その下に付く鷹番《たかばん》などが、昨日の昼を過ぎた八つ時頃、大《おお》沢《さわ》あたりの鷹狩場で動けなくなった事を告げると、西之丸御殿の側仕え達は、目を見張っている。

「おや、何人も一度に倒れたのか」

「鷹狩場は西之丸様も、たびたび行かれる場です。よって甲賀は一門の忍び達も、毎回事前に鷹狩場へやっております」

甲州街道《こうしゅうかいどう》にある内藤新宿《ないとうしんじゅく》から、更に西へ向かった先、野崎《のざき》や大沢の辺りは、幕府と、尾張徳川家の鷹狩場の境に近い。忍び達はもちろん目立たぬ姿で、土地の者の間に紛れていたのだ。そして凶事を、いち早く摑むことになった。

「既に本丸へも、知らせが入っている事と思います」

今頃、将軍付の遠国《おんごく》御用《ごよう》や、大奥と関わりのある伊賀者、大名家と縁のある忍びなどが、子細を知る為、鷹狩場へ向かっている筈であった。小姓組の恵吾が、眉を顰めた。

「わざわざ江戸城へ、知らせが入ったのか。倒れた者達の具合が、悪いのか？」

「夜の内に、四名が命を落としました」

「そんなに多くの死人が出たのか」

書院番の兵藤達、西之丸の側付きは、何故忍び達が障子戸を立て切ったか承知し、顔を強ばらせた。将軍家の鷹狩場で死者が出るなど、聞かない大事であった。

西之丸が眉を顰め、上座から甲賀の三人を見てくる。

「亡くなった訳は、何なのだ？　食べ物に当たったのか？　獣に襲われたのか？」

弥九郎は、首を横に振った。

「まだはっきりしませぬ。ただ」

鷹狩場へ行っていた甲賀者の内に、薬に強い者がいた。医者を名乗ってもいる者だ。

「その者によると……亡くなった事情を、よくよく調べた方が、良いのではという事です」

「調べるとは、何を、だ？」

兵藤が不安げな顔になる。十郎は、落命した者の数が、気になっていると語った。

「ご存じの通り、鷹狩場は広うございます」

その鷹狩場の方々《ほうぼう》で、鷹狩りの用意をしていた者達が、わざわざ集って、食事を作るとは考えられなかった。野を回るなら、屋敷から握り飯と竹筒の水を持参し、それぞれが行った先で食べる方が、余程簡単であった。

「なのに同じ日、多くが倒れ亡くなった。引っかかります」

まだ知らせを受けたばかりで、甲賀の忍び達は、詳しい事を承知していない。よってこれから、急ぎ大沢へ向かうつもりだと、十郎は言葉を続けた。

「万に一つ、鷹狩場で怪しい事が、あってはなりません。我らはそれを、確かめてきたいと思っております」

西之丸御殿を離れる許しを得たいと、三人は告げたのだ。

「もちろん御殿には、代わりの甲賀衆を、配していきますゆえ」

「鷹狩場で起きる、怪しい事とは何だ?」

問う兵藤の声が、硬い。御小座敷の間が、寸の間、静まりかえった。

「まさか……誰かが鳥見役達に一服、盛ったとでも思っているのか?」

西之丸は恵吾と、目を見合わせている。十郎が落ち着いた様子で、話が妙な方へ逸れていくのを止めた。

「そのような証など、今はございません。ただ、人が死んでおります。ゆえに、きちんと確かめたいと思っているのです」

毒が使われたとしても、余程はっきりとしたものでないと、分からないことが多い。十郎は隠さず、そう言い切った。よって。

「我らが主、西之丸様には、今後、一層のご用心を、お願いせねばなりません」

当分、鷹狩りは控えて欲しいと告げ、十郎は頭を下げる。

「鷹狩りは大事な行事ゆえ、ずっと出ないでいるのは、無理だと承知しております。ですが」

甲賀衆が、打つ手を見つけ出すまでの間だけでも、控えることはできないものか。十郎は真剣に、そう口にしたのだ。

だが、いつもは気軽に返事をする西之丸が、この時ばかりは黙り込んでしまった。事情は察しが付き、弥九郎は友の傍らで、唇を引き結ぶ。

（西之丸様はいずれ将軍となり、武士の長となる立場なのだ。ゆえに、危うい事に臆するなど、許されはしないのだろう）

鷹狩りだけでなく、西之丸が断われない催しは、多くあるに違いない。ここの所、いささか疲れの見える日も、見受けられるくらいであった。

（だが……鷹狩場は広い。見た事の無い顔も、大勢狩りに加わる。西之丸様をお守りする事が、他の場よりも難しいのだ）

もし西之丸に、毒を盛りたい者が居た場合、そういう場所ゆえに、鷹狩場を選びそうだと、弥九郎は思う。

（ならば……我ら忍びはこれから、どう動くべきなのか）

忍び達は次の言葉に迷い、部屋の隅で、目を見交わす事になった。すると西之丸が珍しくも忍びへ、次の動きを指示してきた。

「とにかく、まだ使われたかどうか分からぬのに、毒を怖がっても仕方がない。甲賀の忍び達は、それをはっきりさせるように」

「はっ」

確かにその通りで、弥九郎達は早々に、大沢へ向かおうと腰を浮かせる。

だが。その時弥九郎は、中奥へ近寄ってくる足音を耳にし、動きを止めた。

「御殿表の方から人が来ます。本丸御殿からの、使いでしょうか。鷹狩場の件を西之丸様へ、伝えに来たのかも知れませぬ」

「剣呑な騒ぎがあったのだ。表の者が急ぎ、中奥にいる西之丸様のご無事を、確かめに来たのだろう」

恵吾達はそう言うと、それでも用心の為か、西之丸を守るように、上座の周りに集まる。

一方、弥九郎は手の内に、鉄で出来た忍具、苦無をするりと忍ばせた。苦無は刃のない並の忍具だが、その代わり多くの事に使える。

手裏剣《しゅりけん》代わりに至近から投げつければ、相手はまず、無事では済まない。鉄の品ゆえ、敵の刃を受け止める事も出来た。刀など抜いてはならない御殿の内では、使いやすい道具なのだ。

(鷹狩場で、命を落とす者が出たのだ。もう田沼御老中が襲われた時のように、命のやりとりを躊躇う余裕は無い)

障子戸に影が映り、表廊下から名乗る声が聞こえると、忍び達が部屋の隅で柔らかく身構える。直ぐに障子戸が開けられ、部屋内の者達の目が、現れた使者へ向けられた。眼差しが集まったからか、西之丸御殿の表坊主が、一寸目を丸くする。だが西之丸の姿を確かめると、ほっとした顔になった。

それが言葉よりも雄弁に、使者の心配を物語り、苦無は、素早く弥九郎の手の内から消えた。

顔見知りだったようで、恵吾が表坊主へ、千庵《せんあん》殿と声を掛けている。表坊主は懐から書き付けを取り出し、鷹狩場で騒ぎがあった事を告げると、側付きへ差し出した。

ただ驚いた事に、どうも表坊主には、鷹狩場の件の他に、ついでの用があったらしい。千庵は直ぐに帰らず、部屋の隅に控えていた忍び達に目を留めると、一つ頷いてから声を掛けてきたのだ。

「おお、甲賀のお三方は、ここにおいででしたか。今日は大手御門に近い、百人番所に詰めておられないので、こちらで会えれば良いなと思っておりました」

「はて？　表坊主殿が、西之丸の警護役に用がおありか？」

甲賀達は、勤めの最中だと兵藤が言うと、千庵は困った顔になる。

「その、甲賀のお三方に伝言がありまして。一橋家へ来て欲しいと、和子様付小姓、伊藤殿が頼んでこられました」

一橋家が忍びに用と聞き、部屋内の者達が、顔を見合わせる。

「はて、何用なのかな？」

西之丸がいるにもかかわらず、一橋家の和子豊千代は、次の将軍候補との噂がある。兵藤は半眼を表坊主へ向けたが、表坊主は、その目つきに臆しもしない。柔らかい笑みを浮かべると、何故だか僅かに声を落とし、弥九郎達へ語った。

「突然のお呼びで、お三方は驚かれた事と思います。私も詳しい事情は、伺っていないのですが」

ただ、何も分からないまま、一橋家へ来いと言われても、甲賀は困るかも知れない。よって千庵は、噂を攫んできたと口にした。

「そうすれば甲賀衆は、一橋家へ向かって下さるでしょうから。ええ、この千庵の顔も、立とうというもので」

「一橋家で、何かあったのか」

西之丸が首を傾げたので、恵吾が事情を問う。表坊主は誰から聞き出したのか、御三卿の、内々の話を語ってきた。

「実は、一橋家の跡取りの君、豊千代様が、寝込んでおられるとのこと」

一橋家は既に、何人もの医者を呼んでいるが、昨日から具合が悪いままだという。小姓の伊藤が取り乱し、甲賀の忍びを悪し様に言っていたと、噂になっていたのだ。

「はて、忍びの誰が、伊藤殿の癇癪を向けられているのだ？」

「恵吾殿、それが、滝川弥九郎殿でして。以前弥九郎殿は、豊千代様は無事お育ちになると、占われたとのこと」

なのに、高熱で和子が伏せってしまうとは何事だと、伊藤は怒っているという。弥九郎は部屋の隅で、溜息を漏らした。

「あのぉ、それがしは豊千代様が、一回も病にならないとは、申しておりませんが」

そもそも幼い子は、色々な病をくぐり抜け、育っていくものであった。熱が出たからといって、忍びに文句を言ってくるのは、伊藤くらいに違いない。

弥九郎がうんざりとした顔になると、千庵は、宥めるように言葉を向けてきた。

「伊藤殿は、和子様を育てたも同然の方なのです。豊千代様命なのですよ」

だから、その。

「甲賀の弥九郎殿は、薬をよく使うと噂を聞いております。和子様の為に一服、効く薬を煎じて差し上げれば、小姓殿の怒りはあっさり収まるかと思いますが」

表坊主は調子よく、勝手な事を言ってくる。だが弥九郎は、千庵へしかめ面を向けた。

「必ず効く薬は、この世にございません。ましてこの身は、医者ではないので」

投薬の責めを負わされるのはご免だと、弥九郎は首を振る。己が命を賭《と》して仕えるのは、主のみであった。

「西之丸様がご病気ならば、腹を切る覚悟で、一服差し上げる事もございましょう。けれど、他の方相手に、無謀はいたしません」

「おや、弥九郎はこの身の為に、無茶をしてくれるのか」

西之丸が笑うと、当然の忠義だと、横から兵藤が言い切る。すると千庵ときたら、思わぬ奥の手を使い、甲賀者を困らせてきた。

「兵藤殿、恩義ある伊藤殿の為に、一橋家へ行くよう、甲賀衆へおっしゃって下さいまし。先に奥様を迎える折、伊藤殿は顔見知りの甲賀の為、奥様を養女に迎えて下さる先を、探して下さっていたのですよ」

「えっ？　養女の里方を探していた四人目は、伊藤殿だったのか？」

忍びが三人、一斉に兵藤を見ると、くノ一を妻にしている男は、呆然としている。途端、西之丸が笑い出し、三人で一橋家へ行ってあげなさいと言ったので、弥九郎達は頭の痛い話を、断る事が出来なくなってしまった。

（何で伊藤殿が、吉乃殿の里親を、探してたんだ？）

疑問に思う。兵藤へ恩を売り、西之丸へ食い込む気であったのかと、疑いたくもなった。だが何にせよ、西之丸の言葉を聞いたのだ。弥九郎達は一橋家へ、向かわねばならなかった。

二

御三卿である一橋家の屋敷は、大手御門から出た先を、北側、平川門の方へ向かった所に建っている。

西之丸御殿から、大して離れてはいないので、行く事は簡単であった。だが弥九郎達は、屋敷へ入ると早々に、うんざりした顔になってしまった。

豊千代付きの小姓伊藤は、豊千代の寝間の外、廊下へ現れた忍び達を見ると、強ばった顔つきになった。そして直ぐ、責め立ててきたのだ。

「甲賀忍びの嘘つきめ。豊千代様を見よっ。酷く高い熱が出て、伏せっておられる」

これのどこが安泰なのかと、伊藤は言ったのだ。弥九郎達三人は、離れた廊下からでも分かる、幼子の赤い発疹《ほっしん》を見た後、軒を見上げることになった。

（あ、豊千代様は、流行病を拾ったな）

甲賀の組屋敷でも、子供らは、赤い発疹に包まれることがある。寝間の外からでは、発疹をよく見ることは出来ないので、弥九郎は伊藤へ挨拶をしてから、まずは問うた。

「あの、伊藤殿。和子様は高熱が出た後、一旦熱が引く事はありましたか？」

しかし今日の伊藤は、何時にないほど興奮して、まともに返事をしない。

「何で、麻疹《ましん》に二度も罹《かか》るのだ。弥九郎殿は、大丈夫だと言ったではないか。前の麻疹の時、豊千代様は本当に具合が悪くなった。また、あんなことになるのか」

甲賀の忍びは嘘つきだと、伊藤は言葉を重ねてくる。弥九郎が溜息を漏らすと、横から十郎が落ち着いた声で、伊藤へ話しかけた。

「落ち着かれよ。麻疹には、二度も罹りませぬ」

「ならば、この赤い発疹は何なのだ。医者は麻疹だと言ったぞ」

「藪《やぶ》医者ですな」

「大名家出入りの医者だ！」

問答を繰り返しても、仕方が無い。弥九郎は、もそっと布団に寄っても良いかと、伊藤へ問うてみた。

「医者でもない者が、そのような事は叶わぬ」

「あの、ならば我らを、どうして呼ばれたのでしょうか。和子様の様子を見るのも駄目なら、我らは役に立ち申さぬ。帰った方が良いと思いますが」

しばしの無言の後、怒った顔のまま、伊藤が甲賀の三人を部屋の内へ入れる。屋敷へ来てしまったからには、幼い子を見捨てる事など無理だと腹をくくり、三人は病の豊千代と向き合う事になった。

「ああ随分、赤い発疹が出ておいでだ。和子様は以前、麻疹に罹っていると言われましたよね。では、これはおそらく風疹《ふうしん》だ。十郎、どうかな？」

「弥九郎の見立て、正しかろう」

風疹は赤い発疹など、麻疹と、それは良く似ているのだ。

熱が出て二日目だというので、後、一日か二日で熱は引くだろうと、忍び三人は頷き合った。よって弥九郎は、まだ顔を強ばらせている伊藤へ、これからやる事を告げる。

「まずは、盥《たらい》に冷たい井戸水を入れて、温石《おんじゃく》に使うような、平たい石を冷やして下さい。次に、堅く絞った手ぬぐいで、冷えた石を包み、体に当てて差し上げて下さい」

額に手ぬぐいを当てるより、冷やした石を、脇《わき》や首筋、股《また》の付け根などに当てた方が、熱が下がると伝えた。

「それと、熱で汗が出ていますが、何度も着替えるのでは、小さな病人が大変です。着物と、背や腹の間に手ぬぐいを当てて、汗をかいたら替えて下さい」

「手ぬぐいを替えるのだな。分かった」

一橋家の者達が、急いで盥や手ぬぐいを用意する横で、弥九郎達は手持ちの薬を並べ、子供用に仕立て直せるか、話を始めた。

「伊藤殿、熱冷ましは作りますが、風疹だと、直ぐには下がりません。和子様は後一、二日、しっかり休まねばなりません」

かなり熱が出ているが、大丈夫だろうと言葉を続ける。豊千代は、身を赤くしてはいたが、弱っているようには見えなかった。

「豊千代様には、水をこまめに差し上げて下さい。それと飲めるようでしたら、甘酒を入れた器を、井戸に吊して冷やし、差し上げて下さい」

「甘酒か。直ぐに用意する」

若党らしき者が一人、急いで屋敷の奥へ駆けてゆく。忍び三人が落ち着いて、薬をこしらえているからか、じきに伊藤も、布団の傍らに腰を落とした。

やがて、出来た熱冷ましを伊藤が飲ませ、首の辺りを冷やしていると、豊千代が目を開けた。そして、忍びが来たと言い笑ってから、また眠り始める。それを見て、蔵人が頷いた。

「目が覚めたら、甘酒か粥《かゆ》など差し上げるのがいいでしょう。あと二日ほど、気が揉めるでしょうが、今、弥九郎殿が言ったようなやり方で、大丈夫ですよ」

伊藤が大きく息を吐き、ようよう礼を言ってきた。十郎が苦笑を浮かべ、風疹は、麻疹ほど酷くならないものだと、柔らかく伝える。そして、探りを入れるような一言を、すかさず言い足した。

「鷹狩場で騒動などありましたから。伊藤殿も、尚の事気を揉まれたのでしょうか」

すると、その言葉を聞いた途端、伊藤が口元を歪めた。

「もちろん、その件も心配したとも。甲賀の三人など、我が和子君の事など考えず、西之丸様の為に、鷹狩場へ行ってしまいそうだ。一橋家へ呼ぶことが出来ぬのではと案じた」

いつもは落ち着いた様子の伊藤が、今日はずっと、いらついている。いざとなったら忍び達に、病退散のまじないでもさせるつもりで呼んだというので、二日分の薬を包みつつ、弥九郎はこめかみを押さえた。

「伊藤殿、止めてください。忍びにまじないなどさせても、病には効きません」

「えっ、駄目なのか？　だが弥九郎殿、病になったら皆、神仏に頼るではないか」

「そういう事は、神官や僧侶にご相談下さい。忍びに頼む事ではありませぬ」

「おや、まじないは効かないのか。なるほど、なるほど」

忍び達は熱冷ましを渡すと、帰る前にと、吉乃の里方を探した事への礼を伊藤に言った。すると伊藤は否定せず、親しき忍び達の為、役に立ちたかったが無理であったと、笑ったのだ。

（我らと伊藤殿は、そんなに親しかったか？）

首を傾げたものの、一つ疑問が減り、弥九郎達は息を吐くと、暇《いとま》を告げる。ただ傍らにいた武家が、支払いを申し出てきた時、もう一度、伊藤へ目を向けた。

「我らはこれから、大沢の鷹狩場へ行く事になっております。もし鷹狩場の騒ぎについて、何かご承知の事があるなら、それを支払いの代わりとして、教えて頂けませんか」

「……良いでしょう。既に本丸から一橋へ、詳しい話が伝わっています。話を承知している方々は、他にもいますから」

伊藤は物覚えが良いようで、矢立《やたて》と紙を取り出すと、豊千代の寝間の隅にあった文机で、すらすらと書き始めた。鷹狩場で命を落とした者達の名や、倒れた者が出た場所の図、刻限などが、あっという間にまとめられてゆく。

「この伊藤が承知している事は、これくらいです。これ以上の事を知りたければ、本丸御殿の表坊主に頼るか、実際大沢の鷹狩場に行って、見てくるしかないでしょう」

先ほど西之丸御殿で会った、表坊主を思い出す事になった。

「やはり表坊主殿は、諸事に詳しいのですね」

「御殿の表に勤める表坊主方は、大名、旗本が登城してきた時、お世話をするのが役目です。多くの方々と顔見知りになるゆえ、縁談の仲立ちもされますな」

よって表坊主は物知りだし、怒らせると、身分高き方々でも困る事が出てくる。

「それが表坊主方の、強き立場の元だ。御殿の表に縁があれば、気がつくことです」

ここでも伊賀衆ならば承知の事だと言われ、甲賀の三人は頭を下げ礼を言う。その後弥九郎達は、伊藤へ一つ念押しした。

「もし、後一日ほどで熱が下がっても、もう一日は、大人しく寝て頂いて下さい」

結構難しいですよと、十郎が付け加えると、伊藤がやっと笑った。

「うん、子供というのは、直ぐに遊びたがるものだ。確かに難しいでしょう」

そして、忍び達に礼を口にする。

「今日は、鷹狩場へ行く前に呼び出し、手間をかけもうした。だが和子様が風疹と分かって、本心ほっとしております。来て貰って良うござった」

寝間から離れた時、伊藤がまた、豊千代の枕元に行く様子が目に留まった。屋敷から離れ、一橋御門からも出た後、もう良かろうと、弥九郎は苦笑を浮かべてしまう。

「伊藤殿は日頃から、豊千代様を、大事にしておいでだと思っていた。だが今日はいつにも増して、心配の塊《かたまり》になっていたな」

あの問答無用のかわいがり方は、西之丸近くにいる恵吾や兵藤達の忠義とは、少し違う気がする。濠を北へ向かいつつ、弥九郎が本音を語ると、蔵人が口元を歪めた。

「確かに、伊藤殿の心配の仕方は、母御か、乳母《めのと》殿のようでしたね」

一方十郎は、伊藤が寄越した書き付けに目をやると、顔を顰めている。

「鷹狩場で一度に四人も死んだ件だが。とりあえず食べた物に、当たったという話になっているようだ」

しかし、その話に納得していない御仁もいるだろうと、十郎は続ける。

「多分伊藤殿も、毒を思い浮かべたのだ」

豊千代も一服盛られたのではと、疑ったのだろう。それゆえ今日は騒ぎ、わざわざ毒に強い忍びを、呼んだのだ。

「特に弥九郎は、毒使いだと、そしられた事があるからな。万に一つ、和子様が毒を盛られていても、弥九郎なら、対処出来ると思ったんだろうさ」

弥九郎は大きく息を吐くと、うんざりした顔で、友二人へ目を向ける。

「やれやれ、江戸城の傍にある屋敷で、毒の心配をせねばならないのか」

「徳川家の御鷹狩場で、人が死んでいるのだ。心配をするなとは、誰にも言えぬよ」

忍び達は神田を抜けると、旗本屋敷ばかりの町並みを、足早に西へと過ぎてゆく。

「昼間は屋根を駆ける訳にもいかず、不便だな」

三人でぼやきつつ、まず、甲州街道を目指した。

三

大沢一帯に広がる鷹狩場は、甲州街道にある宿場、内藤新宿よりも、更に西の地にある。道に人が少なくなると、忍び達は足を速めていった。

ようよう鷹狩場に着くと、辺りには野山が広がっている。

「ああ、草も木も豊かな地だな。草原を、風が吹き抜けていくぞ。この場で行う鷹狩りは、気持ちの良いものだろう」

弥九郎は、鳥の鳴き声が聞こえる草むらの先、家の屋根や木々、豊かな水の流れにも目を向けた。鷹狩場の内、江戸城により近い場所は、徳川将軍家の公儀鷹狩場となっている。

「一番良い場だ」

西之丸には、妙な思惑《おもわく》や噂など気にする事なく、こういう鷹狩場で良き日を過ごして欲しいと、弥九郎は続けた。

「そうなるまで、後少しだ」

婚礼を済ませ、跡取りの君が生まれれば、剣呑な噂も恐れも格段に減り、心安らかな日が訪れる。その筈なのだ。

「そして、そんな日が来れば、我ら忍びの毎日も変わる。これまでと違った明日が開けるぞ」

戦国の世が終わって以来、役目を見失っていた忍びが、その立場と、己そのものを取り戻すのだ。甲賀は将軍の警護を受け持ち、再び忍びとして、世に認められるのだ。

　ここで蔵人が、弥九郎の顔を見てくる。

「最近はその考え、弥九郎は度々、口にしていますね」

「やっと、その日が目の前に来たからかな」

だが繰り返していると言われると、気負っているようで、いささか気恥ずかしい。すると傍らから十郎が、落ち着いた様子で語った。

「ならば今回の人死にの件、食い物のせいなのか、毒が使われたのか、さっさと見極めねば。我ら忍びの明日の為だ」

眼前の鷹狩場の西側には、御三家の一つ、尾張徳川家の鷹狩場がある。尾張の忍びは怒りを溜めているゆえ、利用されない内に騒動を鎮《しず》めるべきだと、十郎は続けた。

「三人のみで、この広い地を動くのは、いささか難儀だろうが」

すると、辺りに目を向けていた蔵人が、場をほぐすように、ふっと笑った。公方様の御鷹狩場の外が、御三家の御鷹狩場、そしてその他の大名家の御鷹狩場はその外という形が、面白いと言う。

「武家の身分は、何事につけ分かりやすく示されますね。御鷹狩場以外でもそうです」

江戸城へ登城する時、どの門から入るかは、大名や旗本の身分によって変わる。武家達が着る装束《しょうぞく》も、礼服《らいふく》など、遠目でも分かるほど違うものであった。

「屋敷へ帰れば、どの大名、旗本も、殿と呼ばれ家臣達から仰がれています。なのに、一歩屋敷の外へ出ると、自分達の身分にも差がある事を、身に染みるようになってますね」

軽く扱われ、悔しい思いをした殿様達は、甲賀衆と同じように、日々を変えたいと望むのだろうか。ならば、将軍家の世子が替われば、己の明日が良くなると考える者が、身分の高い者からも、出るやも知れなかった。

「この美しく広い野すら、危うい欲と関わっているやも知れません。恐ろしい事だ」

そう言った後、鷹狩場右手にある木の方へ、蔵人が手を振った。すると、落ち合う場所を教えた訳でもないのに、甲賀の若い者が、草むらから挨拶をしてくる。忍びが必ず目を配る場所が、あるものであった。

「小木《おぎ》福弥《ふくや》です。長の命で、西之丸様がおいでになる徳川家の鷹狩場へ、調べに来ておりました」

大沢は広いゆえ、四人で来ているという。

「ただ人死にが出たので、一気に鷹狩場の警戒が厳しくなりました。具合を悪くした鳥見役達には、近づけないんです」

ならば、手伝いの村人から話を拾おうと、四人は、辺りの村々へ散ったという。福弥はたまたま、近場にいたのだ。

「了解だ。して、鷹狩場で人死にが出た件だが。実際、何があった？　分かっている事を話してくれ」

年長の十郎がまず問うと、福弥は頷いた後、倒れた者の数や、亡くなった人数を告げてくる。途中まで聞いた所で、弥九郎は手の動きで、その言葉を止めた。

「話している最中に、済まぬ。だが福弥、見て欲しいものがあってな」

そう言うと弥九郎は、伊藤が寄越した書き付けを取り出し、鷹狩場で起きた件はこれで合っているかと、若い忍びへ見せた。命を落とした者達の名や倒れた場所の図、刻限などを確かめると、福弥は魂消た顔で弥九郎達を見てくる。

「亡くなった人数や、倒れて運ばれた者の名、場所など、合っております」

伊藤が寄越した話は、確かなものであった。

「江戸城へは、恐ろしく早くに、知らせが行っていたのですね」

ただ、実際鷹狩場にいた者だけが分かっている事も、もちろんあった。

「倒れた鳥見役達は、まず近くの村の、名主の屋敷へ運ばれました。医者が呼ばれたと聞いております」

その医者は、食べた物に当たったのだろうと、言ったようだ。暑い季節ではないから却って油断し、傷んだ物を食べてしまった。鳥見役の死の訳は、そういう事に落ち着こうとしているのだ。

弥九郎は思わず、十郎達と顔を見合わせた。

「この季節に、食い物に当たって、四人も死んだというのか？　鳥見役も村の者達も、鷹狩りの支度には慣れているだろうに」

何人もが食い物に当たるというのは、奇妙な話なのだ。

「鷹狩場での四人の死は、やはり不可思議ですよね」

福弥が頷き、納得出来なかったゆえ、仲間達は調べに散っていると続ける。弥九郎達は頷くと、自分らも動こうと、草むらへ足を踏み出した。足の下で、草がかき分けられて揺れる。

「あの、もし、食い物に当たったんじゃなかったら……毒ですかね？　この鷹狩場で毒が使われたってことですか」

福弥が興奮した顔で、毒という言葉を口にしてきたので、まだ分からぬ事を決めつけるなと、弥九郎が厳しい眼差しを向ける。

だが弥九郎はその後直ぐ、場にそぐわない、何とも間抜けな声を出す羽目になった。

「ありゃ？」

突然大きくつんのめり、転びかけて、くるりと宙で回る。弥九郎が草地に降り立った横で、蔵人が首を傾げ茂みをかき分けた。

すると草を結んで輪にし、罠としている所が見つかり、皆で眉を引き上げる。十郎が笑い出した。

「おやおや。獣道とも思えないところに、草の罠がこしらえてあるぞ」

鷹狩りに備え、罠を仕掛けていたのかと、言葉が続く。

「だが、猪なら蹴散らしてしまいそうな、素人くさい結び方だな。弥九郎、これに忍びが引っかかって、どうするのだ」

「うー、こんなものでよろけるとは。我ながら、大いに情けない」

鷹狩場の野には、打鉤を掛けるような高い場が、余り無い。対面で戦うには困らないが、弥九郎は、空へ浮けずにいたあげく、地面の仕掛けに引っかかったのだ。辺りを探すと、下手くそな草の輪は、結構な数があった。

「草の罠、せめて獣道に作ればいいのに」

福弥が眉を顰める。こんな場所では兎《うさぎ》一匹捕れないと、若手は言うのだ。

「なんの、忍びが、間抜けにも引っかかったではないか。面白い場所かも知れないぞ」

十郎が遠慮無く言い、弥九郎は口を尖らせる。それから、さっさと仕事をしようと、福弥へ目を向けた。

「勢子《せこ》役のいる村は、まだ遠いか？」

「いえ程なくです。死人が出たので、鷹狩場を手伝う者達も、今日は村にいるでしょう」

村の者達なら、医者がどうして食い物に当たったと考えたのか、何か聞いているやも知れなかった。

「西之丸御殿へ帰った後、小姓組や書院番の皆へ、報告せねばならない。詳しく聞けたら助かるな」

福弥の先導で、皆は草地を素早く進んでいたが、上忍三人は、ほとんど音を立てない。途中、その事に気がついたようで、福弥の顔つきが変わった。歩みつつ、ちらちらと三人の足さばきを見てきたからか、十郎が低い声を出す。

「お主は体の動きが硬い。草を蹴るから、音が出るのだ」

福弥は顔を赤くし、一際大きな音を立ててしまった。その所作に、まだ元服して間もない若さを感じ、弥九郎は一寸笑みを浮かべた。

「ああ、あそこです。あの村には、一介《いちすけ》が行ってます」

福弥が指さす先に、田舎でよく見かける、茅葺きの家々が見えてくる。

ただ弥九郎は直ぐに、不思議な思いにかられた。周りの田畑には、豊かな実りが見えている。なのに働く姿も、辺りで遊ぶ子供らも、何故だか見かけなかったのだ。

四

村の端に来ると、福弥が仲間を呼ぶのに、短く指笛を鳴らした。

ところが先に村へ来た筈の一介は、顔を見せてこず、四人は眉を顰める。蔵人が辺りへ目を向け、気配を語った。

「家々の内に、人はいるようですが」

この時、弥九郎はいきなりぽんと飛び上がって、家の屋根に立った。やっと打鉤を自在に扱える場に来て、己が軽くなったように思える。

「おっ、弥九郎殿が、あっという間に、家の屋根から屋根へ移って行きます」

福弥が、目で追っている間に、弥九郎は一軒の家の屋根で止まった。そして、指で言葉を伝えると、十郎達が駆け寄ってくる。

「その、今の指文字の意味は……」

使い慣れていないのか、福弥が慌てて、己の指を動かしている。蔵人がその頭をはたいて、一介があの屋《おく》にいる事を伝えた。

「えっ、村に居るならなぜ、指笛の返事をしなかったんでしょう」

「行けば分かる」

蔵人とて若く、福弥とは幾つも違う訳ではない。だが、甲賀の三人衆と言われている蔵人と、長から、若い者として扱われている福弥とでは、貫禄が違った。

忍び達がその屋へ着く前に、弥九郎は屋根からぶら下がり、家内の様子を摑みにかかる。すると驚いた事に、一介は囲炉裏端《いろりばた》の板間で、具合の悪そうな男達の手当をしていたのだ。

「お武家様、お願いです、何とか助けて下さい。我らはもう、どうしていいのか、分からなくなってしまって」

情けないような声を出しているのは、働き盛りに思える男達だ。その周りにおなごや、老いた者達の顔もある。着ているものからして、皆、村人のように思えた。

（もし男らが村人なら、横たわっている者達は、誰だ？　もしや鳥見役達だけでなく、村の者も具合を悪くしていたのか？）

しかしなぜ、一介が介抱しているのだろうか。弥九郎はしばし事情を考え……三人が追いついてきたので、さっさと姿を現すことにした。いくら推測しても、確かな答えは得られる筈もないからだ。

「助けるとな？　一介、この男達は誰で、何から助けるのかな？」

「ひえっ、誰だっ」

弥九郎が、いきなり部屋に湧いて出たものだから、囲炉裏端に不安げな声が上がる。一介が、しかめ面を向けてきた。

「弥九郎さん、いきなり現れたら、周りが魂消ますよ」

「堂々と言ってくれるじゃないか。指笛に返事もしなかったのは、誰だ？」

「病人を抱えているんです。手が離せなくて」

一介は弥九郎の親戚で、正月などに集う間柄だから、遠慮がない。ただ一介は、直ぐに後ろから現れた十郎に、軽く拳固を喰らってしまった。

「わあっ、知らん男が、何人も現れたっ」

部屋内の者達が、顔を引きつらせて囲炉裏端にかたまる。十郎は落ち着いた声で、一介へ心配を語っていた男に、この屋の主かと問うた。

「そう怖がらずともよい。我らはそこな一介の、連れの者だ」

そしてお主達は幸運なのだと、十郎は続ける。

「病人が出たようだ。ならばここにいる弥九郎にこそ、縋《すが》るのだな。田舎の医者とは比べものにならないほど、効く薬を作れる男だぞ」

「おいおい」

忍びではなく、医者のように言われた弥九郎が、思わず片眉を引き上げる。だが江戸では、医者だと名乗るのに、誰の許しも要らない。よって弥九郎が医者を名乗っても、大丈夫なのだ。

ただ命に関わるので、誰も藪医者の所になど、行かないだけであった。

すると、逃げ腰であった男の一人が、四つん這いで囲炉裏端から近寄ってくると、息子を助けてくれと言ってきた。十郎が場を仕切り、弥九郎へ、一介の手助けをしてやれと言ってから、村の衆に話を聞き始める。

諦めた弥九郎と蔵人が、懐から薬袋を出すと、香《か》を嗅《か》いだ村の者達は、大きく頷いてから口を開いた。

「我らは、この村の者でして。ここいらに住む者は、いつも鷹狩りの助っ人をしとります」

何度もやっており、村の者達は、狩りの助けには慣れていた。鷹狩場が近いと、禁じられる物事も多いが、鷹狩りを手伝えば米が貰える。その上、肉を下げ渡される事もあるから、鷹狩りがあると、張り切る村人も多いという。

「昨日は事前に、我らの役割を決める日でしたが、いつもと違いました。昼餉《ひるげ》の後、まだ話の途中なのに、鳥見役のお武家方が草原《くさはら》から、どこかへ行っちまったんです」

どうやら、具合が悪いお武家が出たらしいと、じきに話が伝わってくる。待っても誰も戻って来ないので、男達は一旦、村へ戻って来たのだ。すると。

「お武家方は、食い物に当たったたって話が、今日になって伝わってきましてね。怖い事に何人かが、亡くなったって言うんですよ」

弔《とむら》いとなったら、鷹狩りの支度どころではない。今回の勤めは終わりだろうかと、村人達は話し合った。

だが事は、そこで終わらなかった。

「しばらくして、わしらは震え上がる事になりました。わしらの中からも、具合の悪い者が出たんです。厠へ行こうとした息子と、近所の若いのが庭で吐いて、倒れちまいました」

お武家と同じ物を、食べた事などない。なのにどうして同じように、具合が悪くなるのか、誰も、訳が分からなかった。

「恐ろしくなりました。お武家様は、何と四人も亡くなったと聞いてたんです」

二人も病人が出たので、薬湯を作れる御坊を呼ぶ為、足の速い男が、三つ隣の村まで走る事になった。村の者が頼りにしている医者は、伏せった鳥見役達の所へ行ってしまい、呼べるとは思えなかったからだ。だが家の主が、頭を抱えた。

「ところが走る筈の男まで、倒れちまって。坊さんを呼ぶどころじゃ、なくなっちまった」

村中が慌てふためいた時、丁度一介が村に、鷹狩場での話を聞きに来たのだ。武家なら手当の仕方を知らないかと、主がなりふり構わず縋った所、一介は溜息をつきつつも、手当を引き受けてくれたのだという。

「それで、何人も病人を抱え、指笛に返事をする間もなかった訳か」

十郎が呆れた顔で、布団の傍らにいる、若い一介を見る。

「お前、薬に詳しかったか？」

「薬の入った印籠《いんろう》を持ってました。それに、もう大丈夫です。親戚の弥九郎さんが来ました。薬に強いですから」

「おいっ」

適当な言い方を聞き、弥九郎は恐い顔を向けたが、先に十郎が、一介の口元を捻《ひね》り上げていた。

「口ばかり達者だと、こういう扱いを受ける。覚えておきなさい」

十郎は、落ち着いた声で物静かに話すが、ひたすら優しい訳ではない。正面から勝負するなどご免だと、弥九郎は思っていた。

（一介じゃ、喧嘩相手になるのも無理だな。やれやれ）

話を聞いていた家主は、一介と弥九郎を見比べた後、囲炉裏端から、弥九郎の着物の裾を掴んできた。

「このままじゃ息子達は、鳥見役様みたいに、死んじまうかも知れません。お武家様、助けて下さいっ」

知りたい事があれば、何でも答える。お願いだからと訴えられ、弥九郎は溜息をつくしかなかった。

「今日は、病人と縁があるみたいだ」

ともかく、倒れている三人を、診《み》なければならない。昨日、何を食べたか知っているかと問うと、昼餉は家で握った、麦の入った塩むすびだという。野を駆ける時、村の助っ人達の昼餉は、芋か、握り飯らしい。

「熱は出たか？　腹は痛くないか？　ああ、吐いていたのか」

となると、だ。薬入れを確かめた弥九郎達は、顔を顰めた。

「病人に色々試せる程、薬の持ち合わせがない。だからまず、毒消しを飲ませてみる。主、効けば幸いと思ってくれ」

「えっ、その、何で毒消しなんですか。わしら、毒が入ってそうなものなんか、食べちゃいませんよ。食べたのは、塩むすびだけです」

弥九郎は、主の言葉には答えず、連れの忍び達を見た。そして、どう考えても塩むすびが、大の男を三人も倒したとは思えないと、口にする。

「もし毒消しが効いたのなら、この村人達に、毒が使われた事になる。病人の様子を、よく見ていてくれ」

「えっ、ど、く、ですか」

炉端にいる村の者達は、弥九郎を見たまま、泣きそうになっている。じき、弥九郎の薬は、飲んでも大丈夫なのかと言い出したので、うんざりした顔の蔵人が、正直な言葉を村人へ向けた。

「見知らぬ者の薬が恐いなら、飲まずともいいぞ。我らは、お主達に呼ばれた医者ではないしな」

毒消しは大事な薬だから、要らぬと言う相手に、無理矢理飲ませはしないと言ったのだ。途端、慌てた声が返ってきた。

「飲みます、じゃなくて、飲ませます。もう他に、どうしたらいいのか分からんのですわ」

結局病人達は、毒消しを飲んだ。すると……暫くは何も起きなかった。家の主達が、がっかりしていたその時、横たわっていた主の息子が、不意に咳《せ》き込んだ。

更に時が過ぎると、病人達が寝床の上で、そろそろと動き始めた。顔色が良くなったのを見て、弥九郎が口の端を引き上げる。

「おやおや、大当たりだ。毒消しが随分効いたじゃないか」

蔵人が、毒消しの配合を問うてから頷く。

「この人たちは、毒を飲んだ。けれどそれは、猫いらずに入っているような、砒《ひ》じゃなかったようです。主、運が良かったな」

鼠《ねずみ》を殺す猫いらずは、簡単に手に入る。だが間違って人が飲んでしまうと、なかなか手当が出来ない、厄介な代物であった。

すると、板間の端にいた男の母親が、早口で言い立てた。

「こ、この村には、猫いらずなどないんですよ。前に間違って、飲んだものがいたんで。それ以来、買わない事に決まってます」

弥九郎と十郎は、毒消しの効き方から考えて、病人達が飲んだのは、草木から作った毒だろうと口にする。

ここで、寝ていた息子が半身を起こしたので、家の主は弥九郎へ、泣きそうな顔で礼を言った。そして首を傾げた。

「しかし、分からないねえ。昨日は息子と一緒にいたが、息子が妙なものを食った覚えはないんだ。いつ、どこで毒を、口にしちまったんだろう」

蔵人が、飯以外でも、鳥見役達と同じ物を食べなかったか問うと、返事をしたのは、当の息子であった。

「いいや、食べてない。おれは昨日、倒れたお武家達の近くへ行きはした。けどさ、お武家達が腰に下げてた昼餉だって、いつもの握り飯だったぞ」

飲んでいたのも、自分の竹筒の水だという。

「だからさ、鳥見役達が倒れても、おれ達は心配してなかったんだ。こっちまで毒に当たるなんて、考えられなかったから」

なのにどうして武家も自分も、倒れる事になったのか。訳が分からないと、息子は寝床の上で顔を顰めている。

ここで弥九郎は、まず、ゆっくり目を見開き……暫くして、友へ声を向けた。

「確かに、村の者と鳥見役達が、同じ毒を飲んだと考えるのは、無理があるかも知れない。村の者達の方が手当が遅かったのに、まだ生きてるんだから」

直ぐに医者を呼んだ鳥見役達は、四人も亡くなっている。人により、毒の効き目が違ったにせよ、数が違いすぎた。すると、伏せった息子達を見た後、蔵人も眉根を寄せる。

「つまり……この鷹狩場には、二種類の毒があったということか？」

「えっ、えっ、お侍、何、言い出すんだ？」

証のある事ではない。食い物に当たったと話していた、村の医者に問うても、答えは得られない気もした。忍び達が顔を見合わせる。

「何だか奇妙な事に、なってきたぞ」

鷹狩場で、毒が使われたかどうかを、確かめに来た筈であった。なのに来てみると、毒は二つに増え、話は思った以上に、剣呑なものになってゆく。

（鳥見役達と村の者達に、別々の毒が、使われたとしたら）

弥九郎は手を握りしめた。鷹狩場という、広大で防ぐに難しい場所に、二つの敵方が現れた事になる。顔が引きつってきた。

(鳥見役達が違う毒を飲んだとしたら。その毒には、我らの毒消しが効かないかも知れない。その正体の分からぬ毒が、この場で開かれる鷹狩りで使われたら……)

弥九郎はとにかく気を落ち着かせ、その後、福弥と一介へ声を掛けた。そして急ぎ他の若い忍び二人を、呼び集めて欲しいと伝える。

「我らはこれから、亡くなった鳥見役達や、村の医者を調べにいく。後で、病人が運ばれたという名主の家辺りで集まろう」

そこで、次の指示を出すと言ったのだが、その途端、福弥達が戸惑った顔になった。

「生き残った鳥見役達を見に、名主屋敷へ行くのですか？　でも人死にが出たので、役人らは気を立てていて、近づくのも無理でした」

弥九郎が、手立てはこちらが考えると言うと、若手は言葉を重ねてきた。

「つまり弥九郎殿達なら、調べを進められるんですか。どうやれば鳥見役達を、調べられるのでしょう。知りたいです」

横で十郎が恐い顔になったが、福弥達は引かない。だが急いでいる弥九郎に、若手を教えている間は無かった。

「組屋敷へ帰ってから、一門のおじじ方にでも、やり方を聞け」

「えっ、そ、それはその……分かっていないのかと、叱られそうで」

一介は口ごもり、福弥は三人に、付いていきたいと言い出した。蔵人が、それは恐い声を出す事になった。

「早く、同道してきた二人の忍びを集めるように。弥九郎が、そう頼んだだろうが」

「蔵人を、怒らせるなよ」

十郎から言われ、若い忍び達が家から飛び出てゆく。板間からいきなり二人、姿が見えなくなったので、囲炉裏端にいた村の者が、目を丸くしていた。

弥九郎達はその後、家の主から、背負子《しょいこ》を借りる事にした。

五

翌日の暮れ六つ近く、弥九郎達は甲賀の組屋敷へ戻ると、長に顔を見せた。長は三人を部屋へ招き入れてはくれたが、不思議そうな顔を向けてもきた。

「何だ？　大沢の鷹狩場から戻るのが、随分遅かったじゃないか」

それに何かあって、こうも帰りが遅くなったのなら、組屋敷へ帰るのは、西之丸御殿へ報告に行った後になる筈であった。

だが若い福弥達も、まだ組屋敷には姿を見せていない。つまり弥九郎達は、大沢から直に組屋敷へ来たのだろうと言い、長は半眼になっている。

「何かあったのか？」

部屋で横に並んだ三人は、まずは長が、昨日の件を何処まで承知しているのか、確かめる事から始めた。

「長、我らは、四人が亡くなった鷹狩場へ向かいました。ただ」

三人は昨日、少しばかり大沢へ向かうのが、遅くなっていた。

「ああ、お主達が、一橋家へ寄った事も聞いてる。豊千代様、風疹になったんだって？」

「病は、酷くないように思いました。そろそろ、熱も引いている頃でしょう」

十郎が、体の強い和子だと言うと、長も頷いた。その後忍び三人は、鳥見役達の死の訳を探りに掛かり、鷹狩場で福弥達から報告を受けたのだ。

すると長が、長いと言い話を切ってきた。

「答えを先に言え。鳥見役達の死は、食い物に当たった為か？　まさか、毒が使われたんじゃなかろうな」

そう話す声に、苛立ちが含まれている。勿体ぶるのではないという言外の言葉が聞こえ、弥九郎は口元を僅かに歪めてしまった。

それで、さっさと答えから伝えた。

「長。大沢の御鷹狩場では、毒が使われておりました。鳥見役達が死んだのは、毒を食べたからです」

いつになく、はっきり言い切ったので、長が寸の間、黙り込んだ。それから、どういう証を得たのか見せろと言ってきたので、それは無理だと返した。

「おいおい、証も無く、徳川将軍家の御鷹狩場で毒が使われたと、言い張る気か？　甲賀の忍びが、そういう事をやるのか？」

今度は、蔵人が話を始めた。

「長、こんな話を適当に言う事など、ございません。毒が使われた事は確かなのです」

それを納得して貰う為に、順序立てて話そうとしていたのだ。

「長が、答えを知ろうと急かすので。ちっと、落ち着いて聞いて下さい」

三人は、死人の他に村人も倒れた事から話すと、鷹狩場近くの名主の家へ向かったと続けた。

「ただ、亡くなった鳥見役達を、実際に見る事は出来ませんでした。役人達は人死にが、己達の落ち度になるのではと、目を血走らせておりましたので」

では弥九郎達は、どうやって事を確かめたのか。

「死んだ者を診た医者と、話しました。その医者は、食べ物に当たった為、四人が亡くなったと言っておりました」

十郎が口元に、僅かに笑みを浮かべる。

「だが、何か変でした。で、医者を疑ってみました」

長が、ゆっくりと頷く。

「ほう、面白い。委細を詳しく聞きたいもんだ」

十郎の落ち着いた声が、組屋敷で聞こえた。

弥九郎達は、どんな身分の者ともつかない地味ななりで、病人が運び込まれたという名主屋敷へ向かった。そしてまず、裏の土間へ顔を見せた。

村で借りた背負子を下ろすと、医者を呼んでもらったのだ。そして川柳の木の皮、せんぶり、どくだみ、萩《はぎ》の根など、近くの野山で集めた薬草を見せた。

「こちらで、急な病人が出たと聞きました。薬草を持参しましたので、もし要るものがありましたら、お買い上げ下さい」

いきなり多くの病人が出て、医者も手持ちの薬が、不足していたに違いない。知らぬ顔が持ち込んだものでも、見て貰えた上、買い上げてくれた品もあったのだ。

忍びが選んだ薬効有りの草木は、確かな物であった。その品で信用を得ると、忍び達は、板間で伏せっている、何人もの男らへ目を向けた。

家の者が病人の世話をしてはいたが、医者の手伝いはいなかった。それで弥九郎達は、それは優しい声を、医者へ掛けた。

「こりゃ、病人が多くて大変ですね。薬草を買ってくれたんだ。指示して頂けるなら、薬草を刻んだり、煎じたり、手伝いますよ」

何しろ病人が多かったし、他の部屋には、死人まで並んでいると思われた。手当をするのではなく、その前に必要な雑用をすると申し出ると、承知してきた。医者は顔が赤くなるほど、もう手一杯であった。

忍びらが薬研《やげん》で薬を刻み、手早く薬を煎じると、じき、病人に飲ませる役目まで頼まれるようになった。九人伏せっていたが、そのうち二人の様子が悪く、後は程なく治りそうだと、弥九郎は目星を付ける。

囲炉裏で更に薬湯を作りつつ、忍び達は、顔を顰める事になった。

(驚いたと言うか、やはりと言うか。病人の容体が、村人のものとは違う)

病人を診ている医者は、名医かどうかは分からないが、医術を学んだ事はあると思えた。つまり病人は、突然具合が悪くなった時、叶う限りの手当を、ちゃんとして貰えたのだ。

なのに、前に訪ねた村の者達より、先に手当をされた筈の武家達の方が、容体が悪く、四人も亡くなった。

(どう考えても……鳥見役達が取った毒の方が、きつい物に思えるな)

しかし、証はなかった。

忍び達は小声で話をまとめると、医者が庭の厠へ出たとき、やんわりと話しかけた。三人は、まだ確かな事は何も摑んでいないにもかかわらず、屋敷で起きた全てを知っているかのような顔で、言ってみたのだ。

罠を仕掛けたとも、医者を脅したとも言えた。

「先生、病人に出している薬ですが。この処方、食べ物に当たった患者へ、飲ませるものじゃありませんよね?」

十郎がさらりと告げると、医者の手が震えた。弥九郎が、詳しい話は、全ての病人へ薬を飲ませた後にしようと言うと、医者の顔が青くなった。

すると三人が、名主の屋敷から帰る前に、医者の方から皆を庭へ呼んだ。そして薬の事は黙っていてくれと、懇願されたのだ。

「そうでないと、この鷹狩場に近い土地で、医者をやっていられなくなる。お武家から、余分な事は言うなと言われているのだ。お願いだ、見逃してくれ」

そこで蔵人が、綺麗な顔に、優しげな笑みを浮かべた。

「もちろん、事情を全部話して下されば、口は閉じておきますとも」

そう約束すると、医者は堰《せき》を切ったように語り出した。口止めされた事を、誰かに話したくて、たまらないように思えた。

「名主さんが言ってた。昨日は、鷹狩りの打ち合わせをする日だったとか」

すると丁度、名主の屋敷に、旅の途中だという、遠方からの客があった。初めての顔で、昼餉を取って、一休みしたら、直ぐ屋敷を出ると言っていたらしい。

名主は客に構わず、鳥見役達と打ち合わせをしていた。遠来の客達はその間に、自分達で料理を作りたいと言い、鍋を借りたそうだ。

「何とその客は、ふぐを持ってきたのだ」

忍び達が目を丸くする。

「ふぐ？　この甲州街道に近い土地に、海の魚を持参したのか？」

暑い時期ではなかったし、途中まで舟を使って運んだとの事で、屋敷の者の目に、ふぐは新鮮に見えたという。

「ふぐは、鉄砲とあだ名があるくらいで、毒があると分かっている。けれど、それでも美味いからって、食べる者はいるからね」

屋敷の者は一応、食べるなと止めたらしい。だが、持ってきた当人達が食べると言うのだから、見張っている訳にもいかない。鷹狩りの支度で忙しい名主達は、放っておいたのだ。すると。

「いつの間にか鳥見役方が、囲炉裏端へ入り込んでたそうだ。客達と一緒に、ふぐを食べていたんだと」

海から離れている地だから、ふぐが珍しかったのかも知れない。名主が慌てた時には、鷹狩場に関わる多くの者が、ふぐの鍋を食べてしまっていたのだ。

その後、鍋を作った客達は、さっさと名主屋敷を離れた。その暫く後、舌や指先が痺れる者が多く出て、医者が呼ばれる事になったのだ。

「そして、四人が亡くなった」

名主達は、始末をどう付けるか、考え込む事になった。

「鷹狩りの支度の途中、怠《なま》けて、ふぐ鍋を食べていたとなったら、死んだお武家方の家も、大事になる。主が亡くなっただけでは、済まない。家禄を取り上げられてしまうかもしれん」

医者は、毒に当たらなかった他の鳥見役から、弁当に当たった事にして欲しいと、真剣に頼まれたのだ。そうでないと、亡くなった四人の家の者達が、路頭に迷うと言われた。

　いや、具合が悪い他の者達も、危うい立場に追いやられる事になる。

「だから、いつもの昼餉に当たった事にした。私は、大勢の恨みを買うなんて出来ないんだ。そんな怖い事」

　甲賀の三人は、静かに頷く。

　三人は、酸《す》いも甘いも心得た者として、他言はしないと、医者へ約束した。忍びだと明かせない弥九郎達が、ふぐの話を、公にする事はないのだ。

　そして名主の屋敷を、そっと出る事になった。

六

　甲賀の長は、甲賀組屋敷の部屋で、うなり声を上げた。

「鷹狩場近くの名主屋敷で、鳥見役達は、ふぐ鍋を食べたのか。さて、それは偶然か？　それとも逃げちまった客が偶然を装って、仕掛けた罠か？」

　しかし今、鳥見役達を葬ることに、何の意味があるというのか。さっぱり分からないと、長は首を捻っている。

「それと、勢子役をする村の者達も、無事ではなかったんだよな？」

　草木用の毒消しが効いたのだから、取った毒は、ふぐのものではない。

「同じ時に、毒の件が続いた訳は、分かっているのか？」

　徳川の鷹狩場に関わる者達が、続けて毒でやられたのは、大事であった。

「この二つの件は、繋がっているのか？　お主達三人は、どう考えるんだ？　今日、組屋敷へ戻るまでに、ちゃんと答えを出して来たんだよな？」

　長から続けて問われ、一つ息を吐いてから、十郎が先を語る。

「長、我らは、一つ確かめる事にしたんです。何を、と言われますか？」

　三人が、まず知ろうとしたのは、若手の甲賀者達が調べていた、他の村の事であった。

「たまたま、我らが向かった先の村の者だけが、毒の被害にあったのか。それとも被害は、他でも出ていたのか。鷹狩場の周りの村を、調べたのです」

「確かに必要だな」

　そして、三人の心配は当たった。

「若手達は、他の三つの村でも、騒ぎがあったと伝えてきました」

　後から現れた二人の若者は、何と、三つの騒ぎを伝えてきたのだ。

「騒ぎ？　十郎、また毒の騒動があったのか？　それとも、他の騒ぎか？」

「新たな毒の騒ぎがあった村が、一つ。他に、熊に入り込まれた村と、代官所の銃が暴発し、大騒ぎになっていた所がありました」

「銃の暴発とな。なんとまあ」

　同じ日に鷹狩場の周辺で、命に関わる騒ぎが、多く起きていたのだ。甲賀の三人はそれを偶然の事とは、とても思えなかった。

「同じ日に、ふぐの毒で四人が、亡くなっていますから」

長の眉間に、くっきりと皺が刻まれる。

「だが同じ誰かが、仕掛けた事とも思えんな。別の毒や熊を、一度に用意する意味など、思いつかんわ」

だがそうなると、一層、奇妙な思いに駆られると言う。

「人を殺すふぐを用意し、草木の毒を盛り、熊をかりたて、銃に細工をする。どうしてこんな事が、同じ日に起きるのかね」

思いつくことがあるかと、問うてくる。弥九郎は、あっさり頷いた。

「我らは、答えを出しております」

長が、見つめてきた。


「聞かせてくれ」

落ち着いた声で聞いてきたが、長の目つきは、何時にないほど怖い。本当に分かって喋っているのか、思い切り疑われていると思い至り、弥九郎は笑うしかなかった。

「長、これから話す考えですが、こちらにも証はありません」

文句を言われるのは、覚悟している。ただ。

「我らの考えが外れた場合、それは祝うような事なので、構わないのです。ただ、有り難くない考えの方が、当たっていると思っております」

そして、その嫌な思いつきを、弥九郎は組屋敷の部屋で語った。

「西之丸様を殺める計略が、いよいよはっきりした形で、進んでいるのだと思います。しかも、謀《はかりごと》を企てている者達は、一組ではない。だから、色々な騒ぎが起きたのです」

危ういのは、やはり鷹狩りの場だ。

「今回、幾つもの攻撃が重なりました。本気で西之丸様を狙うつもりの者達が、鷹狩りの場で一度、試したんだと思ってます」

使う毒が通用するかどうか、やってみたのだ。毒で、何人もの者を巻き込んだ時、周りがどう動くかも、知ろうとしたのだろう。

熊などけしかけて、思うように動くかどうか、承知したかったのかも知れない。銃が吹き飛んだ時、周りにいた者は死ぬのか。知りたい事は、山ほどあったに違いない。

すると長は、否定はしなかったものの、納得していない顔つきであった。

「確かに西之丸様は、危ないお立場ではある。だがな」

それは前々から、言われてきた事でもあった。何故今回鷹狩場に、思いもかけない程、毒などが集まったのか。危うさが、いつもと違うのか。弥九郎達は、その事情を語っていないと言うのだ。

弥九郎は、詳しい考えを語り出した。

「長、我らは今回、毒の話を三件、他に熊や銃の話など、村で起きた事も摑みました。しかし、です」

どれも、偶然ではないという所までしか分からなかったと、弥九郎は唇を噛んだ。

「どの件も未だ、誰がやったかすら、分かっておりませぬ。多くの件が重なると、直ぐに全ての相手を突き止める事が、それは難しくなるからです」

どの件にも、毒などとは全く関係の無い、村の医者のような者が絡んでくる。そういう者を巻き込まず、他へ迷惑を掛けず、間違わずに相手を突き止める事は、気が遠くなるほど難しい事であった。

「長、謀は、一度に数が重なると、より大事に化けるのです。西之丸様が関わっているので、相手方には、身分のある御仁が絡んでいるかも知れません。その場合は、尚更です」

今回の騒動で、最初に考えられたのは、多分、ふぐの毒の謀だと、弥九郎は続けた。そしてたまたま、ふぐを用意したのと同じ時に、別の毒の効き目を、勢子達で試そうという者が現れたのだ。

「ここからが、恐い話になります。まだ事を行う前に、ふぐや、勢子に使う毒などから、二つの謀を知った誰かがいたと、我らは考えました」

危うい事が、鷹狩場で行われると知った者は、どう動いたのか。話している途中で、弥九郎は口元を歪めた。

「その企みに混じってしまえば、己が調べられる事は、まずなかろう。そう見当を付けたのではと、思っています」

「うっ……」

長が、息を呑む。

三つ目以降の謀の主は、前の二つと集って、謀って、相手を殺そうとしたのではない。最初の悪意に乗り、わざと同じ時に動き、殺しについて知りたい事を、こっそり得ようと考えた。そんな誰かが居たのだ。

「この考え、間違っていないと思っております。そうでなければ、こんなに毒や危うい獣などが、一度に現れては来ません」

それで、鳥見役達四人が死んだ時、鷹狩場で別の災《わざわ》いも起きた。そしてだ。

「長、我らはその四人の死が、毒を使った者達の腹を、くくらせたと思っております。ふぐを持ち込み、名主の屋敷から逃げた者達は、捕まらなかった。しかし彼らは、幽霊ではないのです」

何処の誰なのか、いつかその立場が、不意に露見するかも知れない。その前に、西之丸を狙う者達は動く筈だと、弥九郎は言い切った。

「近々、西之丸様を襲う者が現れます。鳥見役達ではなく、次は西之丸様の命が狙われる筈です。今回仕掛けてきた内の、誰かがまた動くだろうと思われます」

よって甲賀も、今までとは違う腹のくくり方を、するしかないと続けた。それで三人は西之丸御殿よりも先に、甲賀の組屋敷へ戻って来たのだ。

弥九郎が身を僅かに、長の方へ寄せる。

「動ける一門の者、全てを、西之丸様をお守りする為に使って下さい」

西之丸を守る為、何としても必要な事であった。弥九郎達三人では、とてもではないが鷹狩場で、目が行き届かない。

「一門でこなしている傘張りが、出来なくなるやも知れませんが……」

こんな時に、傘張りの心配をするなど、笑い話のようであった。だがその日銭稼ぎが、甲賀の暮らしを支えている事を思うと、口にするほど簡単な事ではない。

「ですが、何卒《なにとぞ》、お願いいたします」

弥九郎が言葉を切ると、三人の頭が、一斉に下げられる。

すると……じき、低い声が聞こえてきた。

「甲賀総出か。一門もいよいよ、戦国以来の、戦いの時を迎えたか」

顔を上げると、長の姿が、どっしりと落ち着いて見えた事に、弥九郎は驚いていた。

「わしが生きている内に、こういう決断をする日が来ようとは、思ってもみなかったな。ふふ、生きてきたかいが、あったってものだ」

忍びの明日を決める、断が下される。

「戦うぞ。負ければ、甲賀は明日を失う。西之丸様まで、失ってしまう。絶対に、勝つ！」

部屋内に、派手な鬨《とき》の声などなかった。だが江戸は、再び忍びが勝負する時を、今、迎えたのだ。

第十章

鷹狩り

一

冬の江戸で、奇妙な噂が立った。

寒い時節なのに、夜、空に蝙蝠《こうもり》が飛んでいるという。夜商いの者達が、そんな話をしていたのだ。

夜の江戸では、いつにない事が起きていた。実は甲賀の忍び達が、影と化し動いていたのだ。西之丸が、毒などで狙われていると、甲賀は信じていた。

既に、技など忘れたと思われている忍び達は、姿を見られず、正体を摑まれる事もなく、町を風のように駆け抜けていた。

武家地、町人地の区別もなく、寺や屋敷の門すら気にせず、屋根から屋根へ移った。広大な屋敷へ行き着くと、忍器の問外《といはずし》や刃曲《はまがり》、延鍵《のべかぎ》などを使い、戸を音も無く開け、忍び達は屋敷の内へ入り込む。

そして目的を果たすと、また鍵を密やかに閉め、夜の中に消えた。ほとんどの屋敷は、入り込まれた事すら気がついていなかった。

何時にない動きの全ては、徳川の世子、西之丸を守る為であった。甲賀の運命と共にある世子に、今、死の影が迫っていたのだ。

戦国が終わってから、初めてと言ってもいい、忍び達の戦いをまとめるのは、実際戦う者でなければならない。でなければ事の決断が遅れると、長老達は腹をくくった。

よって今回、長や長老達らに知らせは入れるものの、実際戦う場を仕切るのは、甲賀の三人衆となった。弥九郎、十郎、蔵人の三人は組屋敷で、一門の皆に、甲賀がこれから何を目指すかを伝えた。

「決めた事はただ一つ。どんな馬鹿を行っても、西之丸様を守り切ります」

まず、先に鷹狩場で、鳥見役達四人が亡くなった件を追うと、弥九郎達は決めた。十郎が、この件で動く忍び達を分ける。

「西之丸様が次に鷹狩りへ行かれるまでに、誰が、村へふぐを持ち込んだかを探る。そして、逃げた者達の素性をも摑むのだ」

熊が、鷹狩場近くの村に入り込んだ件も、銃の暴発も、誰の仕業か、探らねばならなかった。

甲賀一門の者達が江戸の四方へ散り、危うい話に向き合った。しかし江戸の町で、騒動が起きる事はなかった。斬り合いも喧嘩も、何一つ起きていない。

ただ忍びだけが、日の本で再び、命がけの戦が始まった事を知っていた。

二

とっぷりと暮れた刻限、老中田沼意次の屋敷では、既に、ほとんどの部屋で火が落とされていた。

ただ老中は、今日も部屋にある文机の前で、書き付けへ目を向けており、傍らには蠟燭《ろうそく》の炎が揺れている。

すると突然、老中が文机から顔を上げた。そして夜の部屋で、落ち着いた声で語る。

「忍びだというのに、うちの警護達は役に立たぬな。主の部屋に、物騒な者を入れてしまっているではないか」

甲賀の弥九郎達三人が、突然、老中の部屋に姿を現していた。老中の不満を聞くと、十郎はその背へ、落ち着いた声で返した。

「御老中の警護をしていた三人には、とりあえず、寝てもらっております」

今夜の警護は、十郎達と同じ人数、三人しかいなかった。若手では、上忍を防ぐことなど無理だと、十郎は言い切る。

「一度御老中のご一行を、曲者達からお救いした事があった筈です。上忍を防ぐには、どれほど人数が必要か、ご自分の目で確かめられたと思いますが」

老中は頷いた後、振り向くと、溜息を漏らしつつ忍び達を見てくる。

「あの時は、襲ってきた相手が、余程弱いような気がしておったのだ。そうでなければ大勢が、たった三人の忍びにやられる筈が、無いと思っていた」

人は己の考える正答に、引っ張られるものだと、老中は苦笑を浮かべている。

すると、その目を見据えつつ、蔵人が苦無を手に取り、老中へ見せた。

「我らの力を思い起こして頂いたところで、こちらの問いに答えて頂きます」

御老中、と呼びかける蔵人の声が、何時になく冷たい。

「なぜ鷹狩りの用意をしている野へ、熊を放たれたのですか」

「ほお、この田沼が、鷹狩りの邪魔をしたと言うのか」

老中が笑って話を逸らした途端、蔵人の目に物騒な光が宿る。弥九郎は、とりあえず手で蔵人を制すると、次は苦無を突きつけますよと、静かに言った。

「苦無には刃がございません。しかし……忍びが武器として使う場合、御老中では、腰の物を抜いても太刀打ち出来ませんな」

「はっきり言ってくれるわ」

それでも田沼老中は、直ぐに熊の件を白状しない。それで、鷹狩り場が物騒なことになっていると、弥九郎は話した。

「周辺で毒が三件つかわれ、熊が出没し、銃の暴発がありました。我ら甲賀は今、一門をあげて、その時の事情を調べております」

既に騒ぎの事情を、摑んでいる件もある。

「例えば暴発の件ですが、騒ぎが起きた代官所が、松平家と繋がっておりました」

銃の暴発には、陸奥国白河《むつのくにしらかわ》藩の松平定信様が関わっていたと言うと、老中がさっと弥九郎を見てきた。十郎が薄く笑い、続きを聞きたければ、熊のことを話して欲しいと、柔らかく告げる。

「暴発した銃と松平様の話には、田沼御老中のお名も関わっておりました。おや、目を見開いておいでですな。ええ御老中はその話を、お聞きになりたい筈です。それで無謀を承知で、今日、こちらに伺いました」

定信の名が出ると、老中は決断を下し、鷹狩場へ熊を追い立てたのは己だと、あっさり認めた。そして事情も話してくる。

「鷹狩場へ、厄介な獣を追い込むことが出来るか、知りたかっただけだ。熊などと行き合ったら、人は、命が危うくなるからな」

実際やってみたところ、驚く程容易かったと、老中は言い切った。

「鷹狩場は大層広い。忍び達でも、獣が入り込むのを防ぐのは難しかろう。そう思い至った」

その結果を案じていた所だと、老中は言ったのだ。十郎の口調が、少し硬いものになる。

「我ら甲賀に、ご心配を、知らせて下されば有り難かったと思います。西之丸様に、害をなすおつもりは無かったのですな？」

老中の口元が、歪んだ。

「わしは西之丸様に、無事、次の将軍になって頂きたいと思っておる。馬鹿はせぬ」

甲賀の三人が、揃って息をつく。そして、田沼老中が熊を放った事情は、そんなところだと思っていたと弥九郎が語った。老中の目が、文机の前で細められた。

「弥九郎、今日は随分と言葉がきついな」

「おお、失礼いたしました。では先ほど申しました、松平定信様と銃の件を、お伝えいたします」

　定信が銃を暴発させた訳は、表向き、田沼老中と同じだ。鷹狩りの場へ銃を持ち込めるか、そして西之丸の身が危うくなることがあるかを、定信は知りたがっていた。

「どうして、そう断言出来るのかと、問われるのですか？　もちろん定信様と直にお会いして、問うたからです。今宵のように」

「魂消た。定信殿とは、面識など無かったろうに。会えたのか」

「西之丸様の、御為でございますれば」

　よって今夜と同じく勝手に対面したと、弥九郎は語った。

「定信様としては、西之丸様に是非、是非、次の将軍職を継いで頂きたいとの事でした」

　それは西之丸の為だけではない。西之丸が真っ当に跡目を継げば、定信は、届くことの無い将軍職への未練を、断ち切る事が出来るからだ。その言葉は本音に思えたと、弥九郎は口にした。

「おや定信殿が、屋敷へ入り込んだ甲賀衆へ、あっさり気持ちを語ったのか？　あの御仁がそんな事をされるかな」

　老中が疑いの声を上げたので、弥九郎は事情を語った。

「正直に話して頂けない場合、定信様が鷹狩場の近くで銃を暴発させたと、公方様へ告げる事になる。そうお話しいたしました」

今回ばかりは西之丸に動いて貰い、将軍へ話を伝えると言った所、定信はそれを、無理だと思わなかったのだ。そして。

「定信様は、我ら甲賀衆が、御老中との縁を得ていると、承知しておられました。それで御老中への、伝言を頼まれまして」

その代わりとして、甲賀衆は、定信の本音を聞いたのだ。ただ。

「実はその、御老中への伝言ですが。定信様の正直なお気持ちのようで。とても昼間、家臣方の前で語れるものでは、ございませんでした」

だから甲賀衆は夜になって、この屋敷へ忍んできたのだ。田沼老中の眼差しが、一瞬で厳しいものになった。

「さっさと話せ」

弥九郎は、己が、落ち着いて語れる事を願った。

十郎と蔵人が、弥九郎を見てくる。定信の伝言は、友二人と共に聞いたが、それは身を硬くするようなものであった。

「定信様は兄君が亡くなった時、己が御三卿、田安家を継ぐべきであったと、思っておいででした」

　しかし田沼老中が、定信を大名家へ養子にやり、将軍職へ就けなくした。そういう話があったと、定信は信じていた。

　よって田沼老中へ今も、深い怒りを向けていたのだ。

「ですが定信様は元々、庶子の生まれ。よって西之丸様さえご無事であれば、色々な思いも、飲み込むおつもりのようです」

　だが、しかし。

「もし万が一、不埒《ふらち》な者が西之丸様を襲い、あの方以外のお方が、将軍職を継ぐ事になった場合。定信様は、己が老中になると、決めておいでのようです」

「将軍になれなかった代わりに、老中職に就くという事か？」

　田沼老中が目を見開く。老中職は、同時に何人も居るのが並の事だ。だからそれは、田沼老中の追い落としを意味しはしない。

　ただ定信の意図は、もっと恐ろしいものだったと、弥九郎は続ける。

「将軍家治様亡き後、定信様が力を得た暁には、田沼家を、大名家として残しはしない。あの方はそう、言い切りました。田沼家は親の代、小身の旗本であった。よって元の身に戻るのが、相応しかろうとの事です」

　田沼老中の顔が、はっきり険しくなった。

「相良藩三万七千石を、田沼家から取り上げると言われたか。それは……本気だろうな。公方様がお代わりになれば、出来る事やも知れぬ」

田沼老中は眉間に皺を刻み、薄暗い夜の部屋で、忍び達を見つめてくる。

「相良藩の全ては、西之丸様のご無事に懸かっているわけか」

田沼老中の、しわがれた声が聞こえてくる。軽輩から出世をした者が、将軍亡きあと疎まれる話は、弥九郎も耳にしていた。

「そういう事ならば、西之丸様には、何としてもご無事でいて頂かなければ」

その話し方が、意外なほどしっかりしており、弥九郎は一瞬目を細める。

(やはり、老中として日の本を動かしている方は、腹が据わっているな)

三万七千石の藩一つ、消えるかも知れないのだ。それは、田沼老中の来し方全てを取り上げられる、大事に違いない。

(それでも御老中はその身一つで、この一件を負わねばならない。藩主以外が負える話では、なかろう)

弥九郎はふと、田沼老中の立場は、西之丸と似ている気がした。

将軍の、ただ一人の子になった西之丸とて、一人で危うい噂と戦っている。その危うさ故に、忍びは西之丸と出会ったのだ。

(そして西之丸様は、我ら甲賀や根来、西之丸御殿勤めの者達など、多くから、明日を託されている)

弥九郎は一寸、右手を握りしめた。

（おまけに今度は、御老中の明日まで、背負ってしまわれたな）

世子というだけで知らぬ間に、恐ろしいまでの重みが、その背に掛かっていたのだ。ただ負ぶさってばかりでは、主の身を損なってしまいそうに思え、弥九郎は唇を噛んだ。

（何としても、我らがお守りせねば。そうでないと、万事が重すぎる）

ここで臣下の長は三人を見つつ、問いを向けてくる。

「鷹狩場周りで起きた、毒の件はどうした？　誰がやったのか、分かっているのか？」

既に一報は入っていると、十郎が頷く。

「ふぐの毒と同じ頃、勢子達へ一服盛ったのは、尾張様のようです。近くにある尾張家の鷹狩場から、徳川家の領へ、藩士を入り込ませた様子がございました」

尾張藩では、藩の世子が亡くなっており、今、将軍家の世子争いに加われていない。それゆえか、ずっと気を尖らせ、周りへ怒りを振りまいているのだ。

「あとの件は、今追っている所です」

ただ。十郎は正直に老中へ告げる。

「死人を四人も出した肝心な災いは、とんと事情を掴めておりません」

ふぐの毒だけは今も、確かな形を見せて来ないのだ。田沼老中は余分な事は言わず、ただ頷いた。

「わしの縁からも、探ってみよう。お主達に全てを任せ、安穏としていることは、出来ぬ立場ゆえ」

弥九郎はここで老中へ、定信の考えは既に西之丸へ、伝えてあると告げた。世子の立場を巡る全ての駆け引きは、当の西之丸こそ、承知しているべきと考えたからだ。

「その時、田沼様の話も出ましたゆえ、熊は田沼御老中が放ったものだろうと、甲賀の調べをお伝えしております」

推測だと言葉を添えてはあるが、西之丸は田沼老中が何をしたか、承知をしたのだ。そして、その時の西之丸の言葉を、弥九郎は老中へ伝えた。

「西之丸様は、長く政を預かっている老中と、己の考えが違うことも、あると言われました」

そして西之丸は、老中の行った全てを、諾という気は無いとも話した。熊の件は、その一つだ。

だが……田沼老中はとにかく、日の本を破綻させず、支え続けているとも言ったのだ。

「一国を負い、平穏な日を長く続けるのは、心底大変だ。それゆえ何人もの老中達が政に当たっているし、交代もしてゆく。一人では負いきれない、重すぎる立場だと思っている」

よって田沼老中には感謝をしていると、西之丸は言葉を続けた。

「この身はちゃんと生き延び、いずれ将軍となって、老中へ礼を言わなくてはな」

西之丸は中奥の間で、そう口にしていた。

さらりと、当たり前のように語られた言葉だが、日の本を負う事の無い者には、察しが付かぬ程のものに思えた。弥九郎は語る間、文机の前に座る田沼老中へ目を向け続けた。

すると。老中はいつの間にか、忍び達から見えないように、顔を逸らしていたのだ。

（我らには、今の顔を、見せたくないと思っておられるのか）
もしや泣いているのだろうか。甲賀の三人は、そっと頷き合うと、また、風のように老中の部屋から消えた。

三

安永《あんえい》八年の年も明け、翌二月、西之丸が顔を出す、次の鷹狩りが決まった。二十一日に、大《おお》井《い》村と不入斗《いりやまず》村、馬込《まごめ》村に囲まれた辺り、新井宿《あらいじゅく》へ向かう事になったのだ。ただ先に鷹狩場で四人、人死にが出ていた。よって将軍家治は世子の為、この度は細かく気を遣った。西之丸は、無理のない刻限に鷹狩りを終え、途中、品川《しながわ》の東海寺《とうかいじ》でゆるりと休んでから、城へ帰る運びとなったのだ。

鷹狩りは既に、何度も行っている事ゆえ、西之丸御殿では早々に支度が整ってゆく。側仕えの面々は、中奥の間で主を囲み、今回の鷹狩りを乗り切るべく、話を始めた。

先日、鷹狩り場が狙われた事は、皆、承知している。西之丸の御前であるのに、小姓組や書院番達は気を立てていたのだ。よって落ち着いている十郎が、先日鷹狩場で起きた件について、もう一度告げ始めた。

「熊と銃の件は、誰が起こした事か、先にお知らせいたしました」

更に、近くの村の勢子達に一服盛ったのは、尾張藩の者だと、一門の忍びが確かめている。

「甲賀は事情が分かった後、名を出さず、尾張徳川家へ子細を知らせました」

これ以上尾張に、騒がれてはたまらないからだ。部屋内の面々も頷く。

「その後、馬鹿をした藩士達が急に隠居したと、尾張に忍んだ者が伝えて参りました」

これにて三つ目の件も、終わって良いだろうと、十郎が告げる。

「藩士の隠居くらいで、事を終わらせてもよいのか？　ぬるいやり方ではないか？」

兵藤がきつい顔を、忍び達に向けてくる。だが弥九郎は、今日話さねばならない、もっと大切な件があると言い、その言葉を切った。

「西之丸様、鷹狩場周りで使われた毒の内、ふぐ毒でない方も分かりました」

どうやら使ったのは一橋ではないかと、くノ一から知らせが来たのだ。

「何と、一橋様までが、馬鹿をしたのか？」

鷹狩場の件に、老中と松平定信、それに御三卿の一橋家が関わっていた事になる。とんでもない名が連なったからか、部屋内がざわめき、西之丸が眉を顰めた。その毒を調べた忍びは、毒を扱っている医者を辿っていったのだ。一橋の関わりは間違いないと、蔵人が続ける。

「毒は、死人も出なかった程度のもので、他の災いに紛れ、試しただけの事かも知れませぬ。しかし、です」

ここで忍び三人が、一瞬目を見交わす。

「鷹狩場周りで、こっそり無謀が出来ると、一橋様に考えられては困るのです。よって我らはこちらの件でも、手を打ちました」

「何をやったのだ？」

甲賀の面々は、一橋家へ潜り込み、屋敷内にあった銃を、使えないようにしたと告げた。

「無理に使えば、暴発いたします。まあ、一目で分かるように壊しておきましたから、大丈夫でしょう」

兵藤は頷き、恵吾は顔を青くした。ただ弥九郎達は一つ、首を横に振った。

「実は、四人もの人が亡くなった、一番恐いふぐの毒の件。我ら忍びはその件を起こした者を、まだ摑めておりません」

ふぐは海辺で釣る事も出来るので、毒を辿る事は無理であった。そして不思議な事に、村で、ふぐを鍋にした者達の事を、甲賀の忍び達は、一向に摑めないのだ。

間に立った者が居て、村の名主の家へ招かれた筈なのに、名前一つ確かではない。中毒が起きる前に、ふぐ鍋の男達は去ったが、道の途中で足取りが消えていた。

「最初から、逃げる算段をしていたのでしょう。人死にを多く出したのは、それだけ腹をくくって、強い毒を使ったからです」

本気で人を殺した者が、まだ捕まっていない。名前すら、分かっていない。だから。

「西之丸様、くれぐれも次の鷹狩りでは、お気を付け下さい。一に目指すのは、御身のご無事です」

蔵人が、はっきりそう言い切ると、西之丸の顔が、珍しくも強ばる。だが直ぐに、ゆっくり頷くと、心得ておくと返答してから忍び達を見てきた。

「先には、くノ一達が鷹狩場に来ていたが。今回はどうするのだ？」

「くノ一達も、また鷹狩場へ入ります。ですが今回は、とてもそれでは足りませぬ」

狩り場の外から銃で狙われる事を避け、熊を打ち払う為にも、甲賀衆が大勢、広く野に散るのだ。そして。

「我ら三人も村人に紛れ、鷹狩場へ入ります」

鷹狩場で、忍びは常に西之丸を守ると言い、頭を下げる。衣類を改め、何かの時は側へゆくと告げた。

「もっとも西之丸様のお側近くは、小姓組や書院番方が、守られると考えております」

「無論、その通りだ」

側付きらが断言すると、西之丸は笑って、助かると言ってきた。この所、鷹狩り以外の務めも増えているらしく、少しばかり疲れが見えている。

ここで弥九郎は己の手を握り、口からこぼれそうになった言葉を、押しとどめた。

（いかん、思わず、疲れを取る一服を、差し上げたいと思ってしまった）

戦国の頃から、夜を徹しての戦いを繰り返してきた甲賀には、身の疲れを癒《い》やす薬が、幾つも伝わっているのだ。ただ。

（それは、勝手に差し上げて良いものではない。我らは医者ではない。忍びなのだから）

今、勝手をしたと言って、謹慎など喰らったらまずい。甲賀は忍び、何より鷹狩場の守りを一に、考えねばならないのだ。

（余力があるなら、ふぐ毒の使い手を追うべきだ。あの者達を早く捕らえなければ）

　疲れを取るには、西之丸を休ませるのが一番だ。忍び達は早めに中奥を離れ、御殿の表へ向かった。大勢が働く、いつもと変わらない様子が目に入り、弥九郎は自分が、西之丸御殿にも馴染んできたと思い至る。

　すると。廊下を行く甲賀の三人を目にして、急ぎ寄ってきた者がいたのだ。顔なじみの表坊主だと分かり、三人は足を止めた。

　わざわざ表坊主の方から、忍びの所へ来るという事は、誰かから、用を頼まれたに違いない。甲賀の組屋敷に帰ってから聞いたのでは、間に合わない事が起きたのだ。

　弥九郎が腹に力を込めた時、表坊主は忍び達へ、田沼老中からの文を渡してきた。その書き付けには、思わぬ事が書かれていた。

〃甲賀衆に聞くが、斑猫《はんみょう》の毒は本当に無いのか？　ふぐ毒の件を探っていた所、あの若君殺しの毒の話が、耳に入ってきた。用心するように〃

　甲賀の組頭が、斑猫の毒など無いと言い切ったのを、田沼老中は聞いている。だが、それでも田沼老中は再び、この毒の事を問うてきたのだ。その問いが示す剣呑さを、弥九郎達は承知していた。

（若君殺しと言われる、斑猫の毒の名まで出たとは。やはり今回の鷹狩りの場は、危うい）

　弥九郎達は西之丸御殿から出た時、顔を顰めていた。

「今更、斑猫の毒の事が他へ漏れ出る事情を、思い付くか？」

弥九郎が、道々問うてみる。斑猫の毒の真実を知っているとしたら、それは、一部の忍びだけの筈なのだ。

すると蔵人が、直ぐにある名を挙げた。

「上野で戦った忍び達は、伊賀の末でした。もしやあの一門の誰かが、斑猫の毒の事を承知していて、事が流れたのかも知れません」

一方十郎は、別の話を思い付いた。

「ふぐの毒を使った者達が、行方をくらませている。彼らが他国の忍びで、推測を本当の事のように、言ったのやも知れぬぞ」

斑猫の毒の話は、不安を招くからだ。

「色々思いつくな。ということは、斑猫の毒の真実は、とうに漏れていたかも知れない」

忍びは戦国の頃から、雇われて動いてきた。明日、主が変わるかも知れないゆえ、口が堅い筈であった。

「だが……暢気に、忍びを信じるばかりでは、駄目なようだ」

三人で顔を顰める。

「鷹狩りの日が迫っている。甲賀は斑猫の毒についても、調べておかねば」

この後は、西之丸を守る事を第一に動くのみであった。組屋敷へ帰る甲賀の三人を、少し離れた所から、表坊主が見てきているのを、背で感じていた。

四

二月の二十一日、西之丸達は多くの者達と、鷹狩りに赴いた。すると新井宿の鷹狩場では、野の中でさっそく、何時にない事が起きた。

鷹狩り当日なのだ。野では勢子達や武家達が、いつものように獲物を追い立て、歓声を上げていた。鷹が鶴に組み付き、獣へ矢が放たれて、大勢が草地を駆けてゆく。

そして。

風が草を揺らす同じ野で、もう一つ、戦いが始まっていたのだ。獣が隠れる丈の高い草が、命がけのやりとりを覆い隠した。騒ぎを知るのは戦っている双方と、逃げ惑う獣たちだけであった。

「やれ、御老中が斑猫の毒の名を出した時、いよいよ切羽詰まってきたと、思ってはいたんだ。しかし、仕掛けられるのが早かった」

甲賀の三人は草に紛れつつ、飛ぶように走っている。鷹狩りが始まろうとした時、忍び達は、他の忍びの襲撃を受けたのだ。

すると途中、蔵人が敵方ではなく猪と出くわし、手刀の一撃で獣を伸してしまった。十郎が眉を顰める。

「蔵人、そんな所で獣がひっくり返っていたら、目立つ。始末を頼んでおけよ」

そう告げた時、草叢《くさむら》から一門の忍びが飛び出してきて、早々に猪を運び去った。夕餉にしてしまえば始末が楽だろうと考え、戦っている最中だというのに、弥九郎は口元に笑みを浮かべる。

途端、その笑みに向け、空を切り裂き鎖鎌《くさりがま》が飛んできた。するりと避けると、弥九郎は打鉤を放ち、鎖鎌の鎖に引っかけた。同時にもう一本の打鉤で、鎖を低い灌木《かんぼく》に絡めると、走りながら思い切り引く。

短い声と、人が転がる音が聞こえた。声がした場へ、十郎が飛び込んでゆく。直ぐに、草が立てる音が静まった。

忍び相手の戦いは思いの外長引き、広い鷹狩場で、一刻近くにも及んでいる。忍具で草が切れ野に飛んでも、なかなか勝負はつかない。声が聞こえるほど近い場で、鷹狩りが行われていると、思うような戦いが出来ないのだ。

その上弥九郎達は、現れた者らを、斬り伏せてしまう訳にもいかなかった。不思議な事に、手合わせしても相手が何者か、浮かんで来なかったのだ。

その戦い方から、伊賀流だとは知れたが、誰が雇っているのか不明だ。よって殺さず捕らえねば、事情が分からない。

（ああ、もどかしい。邪魔の入らぬ場で、手加減なしに敵方と戦いたい）

その時だ。前の草地を駆けていた伊賀流の忍びが、逃げるような素振りを見せた。人のいない方へ向かい、深い草の陰へ飛び込むと、一寸、姿を消す。弥九郎達は、急ぎ追った。

すると甲賀の三人は、伏せていた五、六人の伊賀者の末に、囲まれていたのだ。

(おっ、こちらの倍の数なら、我らに勝てると踏んだのか。なめられたな)

咄嗟《とっさ》に弥九郎は、口元を歪める。捕らえる為、戦いに手間取っていた所、伊賀の末達は、見下すような目を向けてきたのだ。

「あ、腹が立つ顔だ」

蔵人が、怖い声でつぶやいた時、相手は一気に襲いかかってきた。それを落ち着いて見ている十郎と蔵人の顔が、目の端をよぎる。

(長引かせ過ぎたか。もう終わりにせねば)

弥九郎は懐に手を入れ、打鉤を束ねていた紐を切った。

そして忍具を構えた五人へ、その打鉤を放った。鉤は寸の間、相手方へ真っ直ぐに飛んだが、今日はいつもとは動きが違う。

突然、朝顔のような形に束ねてある、鉤の根元が解《ほど》けると、四本の打鉤はそれぞれ、更に四つに解けて飛んだ。細い鎖を編み込んだ縄は丈夫で、分かれた一本でも弥九郎の身を支え、空に飛ばす強さがある。

十六本になった打鉤は、まるで命を持った生き物のように空でうねり、あっという間に、伊賀方の忍具に絡むと、相手が声を上げた。

ただ打鉤の一本が、直ぐに鎖鎌で切られた。すると、笑うような声が草地に流れる。

「わはは、新しい技だな。これが甲賀の一と言われる弥九郎の、とっておきか」

「おや、おれの名を知っているのか？」

「甲賀は強い、小国の忍びの末では、到底敵《かな》わぬ程強いと、お主の名と共に、何度も言われてきたからな」

　しかしだ。

「打鉤を四本使うと、忍びは、空を舞うようになるそうだ。それが十六本に増えれば、格好良く戦えるのだろうさ」

だが、こんなものが甲賀の一の、とっておきの技だとは思わなかったと、伊賀流は野の中で、弥九郎をあざ笑ってくる。

「ただ扱う打鉤の数を、増やしただけではないか。一度に沢山、敵を襲えるかも知れぬが、一本の打鉤は弱い。これなら、おれの忍び鎌でも切れるな」

　こんな打鉤相手なら、我らでも勝てる。弥九郎は大人しく、占いでもしていれば良いのにと、伊賀の末は上ずった声で言い、忍び鎌を構え直した。そして。

　そして。

　伊賀流の体は、ここで大きく揺れたのだ。笑っていた顔が引きつり、立っていられなくなる。じき、ゆっくりと倒れていった。

　周りの仲間は狼狽え、構えを取り直したが、直ぐに己達も早々に、話をしなくなった。そして程なく傾き、草に埋もれていく。

「ああ、気を失ったか。起きるまで話が聞けぬな。こうなるのが嫌だったから、この技を使うのを、躊躇っていたのだが」

揃って動かなくなった敵方を見て、弥九郎が口元を歪める。十郎が傍らから、もう聞いてはいない相手へ、話を向けた。

「扱う打鉤が四本になった時、弥九郎は空を舞った。あの富士見櫓へも飛び上がるのだ。打鉤は、今までとは違う技になったわけだ」

ならば十六本になった打鉤が、本数だけ多い、同じ技である筈がなかった。

「十六本の打鉤は、弥九郎の毒を運ぶのだ。四方八方から、正体の分からぬ毒が襲って来る。避けきれぬぞ。身の近くを打鉤が掠めるだけで、狙われた者は毒を浴びてしまう」

毒から逃れたいと思うなら、弥九郎から、遥か遠くに離れているしかない。しかしそうなると弓矢か、蔵人のように銃で戦うしかなくなると、十郎は語る。

横で、蔵人が笑った。

「矢は打鉤で、払われてしまいますよ。火縄銃は、良いものになってきました。ですが、まだ、必ず当たるとは言いがたいですねえ」

おまけに、こちらが銃で狙っていると知られたら、離れていても剣呑な事になる。弥九郎は打鉤を切り離し、毒と共に投げつけてくるのだ。十六本もある打鉤は、飛び道具にも化けた。

鉄の鎖を付けた打鉤は、思いもかけないほど遠くへ飛んでいった。

「最初の一撃で撃ち殺さねば、鉄砲を撃った途端、居場所を悟られてしまう。こちらの命が危うくなります」

こんな阿呆な打鉤の使い方をする忍びは、他にいないと蔵人は言う。ただ当の弥九郎は、蔵人ほどの使い手ならば、やはり銃は怖いと言い切った。

弥九郎は蔵人の銃を恐れ、蔵人は十郎の占いには敵わぬと言い、十郎は打鉤について、あらかじめ動きが分かっていても、逃げられぬものだと言う。

よって甲賀の長はいつも、この三人と戦おうとする者は馬鹿だと、言いたい事を言っているのだ。

するとこの時、忍び刀が蔵人の横手から、いきなり振り下ろされてきた。仲間が倒れた訳を承知していない伊賀の末達が、まだ、残っていたのだ。

だが蔵人は、玉鋼《たまはがね》で出来た爪で忍び刀を受け止めると、相手の刀を、あっという間に叩き折ってしまった。弥九郎が、呆然とする相手をうち伏せる。

「蔵人は、物騒な爪の使い手でもあるのだ。うん、今頃になって言い、悪かったな」

十郎も忍び刀を一閃《いっせん》し、血しぶきが上がった。一寸の後、伊賀者は誰も草地に立っておらず、戦いがあったと示す血の匂いが、草を濡らしていた。今度こそ他の忍びの姿は、見かけなかった。

「忍びとの戦いは、これで終わったのか。意外に、あっけなかった気がするが」

弥九郎がつぶやいた間に、他から援護に来た甲賀の者達が、倒れている伊賀の末の始末を、引き受けてくれた。この後、伊賀の末達が気づけば、忍びを鷹狩場へ寄越した者の名が分かる。今度こそ甲賀は、その者を放ってはおかないつもりであった。

（これで西之丸様を案ずる事は、少しは減るだろう）

大丈夫だ。とにかくこの鷹狩りでは、敵方に勝ったと思った。甲賀は忍びとして、主を守り切ったのだ。弥九郎は草原で、ほっと息を吐く。

「これならば後何年かの間、西之丸様をお守り出来そうですね」

蔵人も、笑みを浮かべている。ただ。

（その筈だ。そうだよな？）

弥九郎は何故か、直ぐに返答が出来ず、勝ったというのに落ち着かなかった。多分、今になってもまだ、忍び達を寄越した者の名が、思い浮かばないからかも知れない。

鷹狩りの当日になっても、恐れていた斑猫の毒が、姿を現して来ないのも、不安であった。

いやもしかすると、意外と歯ごたえの無かった戦いが、却って不安を呼んだのかもと思い、顔を顰める事になった。

五

弥九郎達はとにかく主を守り切ったと思い、伊賀流の忍びの素性を、あれこれ名をあげて語った。

ところが余裕ができたはずの三人は、伊賀の末達が目を覚ますのを、野で待っている事すら出来なかった。甲賀一門の忍びが、とんでもない知らせを、野へ運んで来たからだ。弥九郎達は直ぐ、不安のただ中に落とされた。

「鷹が鶴を狩っておりました時、西之丸様が陣で、急なご不快を訴えられました」

狩りは、急ぎ取りやめになったという。

「御殿の側付き方が、医者を呼びました。鷹匠達は既に、鷹を集めております」

「西之丸様は今、鷹狩場のどちらにおられるのだ？　直ぐ、お側に向かう」

一門の者達から、他に敵方が現れたとの知らせは、入っていない。だが……敵方が、怪しい格好で現れるとは限らなかった。恐ろしい事に、よく知っている相手が敵に回る事も、時としてあるのだ。

「もしや……一服盛られたのか？」

一寸、目の前が揺れた気がした。

弥九郎は十郎へ顔を寄せ、急に名が出ていた若君殺し、斑猫の毒の名をつぶやいた。三人は野を駆け陣へ向かったが、途中、何度も後悔を口にした。

「やはり西之丸様には、斑猫の毒の真実を、お知らせしておくべきであったか」

黙っていれば、一番安心出来る。それ故、真実を知る忍び達は、今まで口をつぐんでいたのだ。

若君殺しの毒。悪名高いその毒の事を、医者を山と出して来た忍び達の、主立った者は承知していた。斑猫の毒は今、全く効き目の無いものになっていたからだ。

中国から日本へ、剣呑な毒が伝えられた時、思わぬ間違いが起きた。斑猫の毒を作る元となった毒虫が、名を取り違えられたのだ。

悪名高い毒は日の本で、害にならない虫から、作られる事になった。よって毒はその悪名と共に、ただ恐れられるのみで、若君達を殺しはしなかったのだ。

ただ、気に掛かる事は残っていた。

(毒の元になる虫は、他に居る。その虫を使えば、本物の斑猫の毒ができあがる訳だ)

事情が伝わってしまえば、必ずその虫を使う者が出てくる。毒殺が増える筈と、忍び達は考えた。

それゆえ、少なくとも甲賀一族は、あの毒について口をつぐんできた。それが一番、死ぬ者を減らすと信じていた。なのに。

(今になってあの毒の事が、こうも案じられるとは。心の臓が締め付けられるわ)

鷹狩りの陣近くになると、人が増え、もう姿を隠して寄る事が出来ない。頬被りをし、目立たぬ村人の姿をしていた弥九郎達は、直ぐに西之丸の側へ行けなかった。仕方なく、陣近くで手伝いをしていたくノ一に、書院番の兵藤を呼んで貰う。

すると。

側付きである兵藤を見た途端、三人は、肩から力を抜いた。兵藤は、明るい顔をしていたのだ。それでも急ぎ、問うた。

「兵藤殿、一門の忍びに聞き申した。西之丸様が御不調だとか」

すると兵藤は頷いて、心配させたと眉尻を下げる。

「先程西之丸様が、少し腹が痛いと言われてな。鷹狩りの陣が、騒ぎになった」

だが腹痛は直ぐに治まったと、兵藤は言ってくる。勿論、鷹狩りへ同道していた御典医、池《いけ》原雲伯《はらうんはく》が西之丸を診た。

「この時期、野は寒い。体が冷えたのだろうとの見立てであった」

獲物は捕れていたし、早めに帰る事になったらしい。兵藤が、自分達が勧めた水以外、西之丸は何も取っていないと言ったので、弥九郎達はほっとして引き下がった。そして、あらかじめ用意していた着物に着替え、急ぎ、西之丸の警護に入る事にした。

ただ、目立たぬ木陰で着替えている間も、弥九郎は何故だか、不安に包まれ続けた。

「まだ先ほどの、伊賀流の末は気づいていない。早く、雇った者を掴まねば」

老中、一橋、尾張藩、それに松平定信など、鷹狩場で馬鹿をした者達には、二度とやらないよう手は打ってある。世子の争いに関わる者が今日、また毒を試したとも思えなかった。

ただ。

「四人を殺した、ふぐ毒の使い手は別にいる。鷹狩場へ入りこんでいるかも知れん」

ふぐ毒を使ってきた者は剣呑ゆえ、十郎は今日までに曲玉の占いで、相手を知ろうと試みている。だが、甲賀が西之丸との縁を深めた為か、曲玉が暴れて答えを示さなかった。縁談でも毒の事でも、己に近い事ほど、占いづらいものであった。

陣へ顔を出した三人は、西之丸の笑みを見た時、心底ほっとし、揃って息をつく。やはり西之丸は、甲賀を日の光の下に置いてくれる、真の主であった。

「おや、甲賀の三人が挨拶に来たのか。ああ、心配を掛けたのだな。だが大丈夫だから」

直ぐに帰るからと言われ、弥九郎達は笑みを浮かべて頷く。ただ弥九郎はこの時、西之丸を見て、少し顔色が悪いような気がした。また心配がぶり返し、出来るならば西之丸を、この場で診たいと思ってしまった。

(何か口実を付けて、触れられる程お側へ行けないものか。脈を知りたい。西之丸様からご不快になった時の事を、もそっと伺いたい)

忍びがそんな事をすれば、弥九郎自身が疑われかねなかった。しかしそれが分かっていても、今日ばかりは一服の薬を作りたいと、弥九郎は思ったのだ。

だが早々に、小姓組の声が聞こえてくる。

「帰りのお支度が調いました。これより品川の東海寺へ、御休息に向かいます」

弥九郎が何も言えない内に、西之丸が立ち上がり、座っていた床几も片付けられてしまう。弥九郎達は、従っている者達の外側に控えた。忍びは警護であり、そういう立場であった。

(西之丸様は、ご無事で歩いておられる。なのに何故、こうも不安なのか)

離れた所で、忍びの末と戦っている間は、不安に取り憑かれはしなかった。おかしいと己でも思いつつ、弥九郎は落ち着かない。

終《しま》いには蔵人に、西之丸様はご無事だと、囁《ささや》かれる始末であった。

「言っては何ですが、もし本物の、斑猫の毒が使われたとしたら。西之丸様は既に、倒れておいでだと思いますが」

「……確かに、な」

程なく鷹狩りの一行は、揃って草深い鷹狩場から動き出した。この辺りの獣たちは、これで暫く、不安の無い日々を過ごすことになるわけだ。

ただ弥九郎一人が、狩られる猪よりも気を立てていた。無駄だと知りながら、占いに使う曲玉を取り出したものの、十郎が占った時より大きく暴れ、何一つ告げてはくれなかった。

六

西之丸の一行が、鷹狩りの帰りに寄った東海寺は、東海道品川宿からほど近い地にある、広大な禅宗寺院だ。

多くの小寺院を内に抱えた寺は、徳川家光《いえみつ》が建立《こんりゅう》したと言われており、寺領として、五百石の土地を所有している。東海寺は様々な寺の建物が連なった、大伽藍であった。

一行は要津橋《ようじんばし》を渡り、正面から東海寺の本坊へと歩む。西之丸達は客殿へ入り、僧から挨拶を受けると、まず本尊の参拝に向かった。一方甲賀の忍び達は、広大な東海寺の境内で、周囲に目を光らせた。

もっとも、西之丸一行が鷹狩場から離れると、野に散っていた甲賀の忍び達も、行列を遠巻きにしつつ、東海寺へやってきている。今回は一門から多くが来ていたから、寺の周りには、十分な数の忍び達が配されていた。

ただ弥九郎達三人は、本坊辺りの警護を受け持ったとはいえ、もう西之丸の顔を見る事も出来ない。境内を一通りあらため終わると、弥九郎がまた不安げな様子を見せたので、十郎が一つ息を吐き問うてきた。

「今日は珍しいな。どうしてそう、落ち着かぬのだ？」

既に、西之丸の鷹狩りは終わった。東海寺で休んだ後、御殿へ帰るのみなのだ。品川宿から、後少し東海道を歩めば、高輪大木戸《たかなわおおきど》が見えてくる。そこは江戸の、南の出入口であった。

「品川宿から西之丸御殿までは、二里ほどかと思う。近いものだ」

それに今日は、伊賀流の末も捕らえた。十郎が、己達は良き働きをした言うと、弥九郎は眉尻を下げる。

「あの伊賀流の末達が、雇い主の名を言うかどうか、分からぬぞ。雇い主は、偽の名を使っているかも知れんし」

そうなると真の悪玉の名は、分からなくなる。蔵人は境内の石に腰掛けると、ゆっくり頷いた。

「弥九郎、それでも、分かる事は何かありますよ」

「どうしても落ち着かぬのだ。何か、引っかかる。忘れている事がある気がする」

「今日は我らも、ずっと弥九郎と共にいる。だが、何かやらかしたようには思えないが」

十郎と蔵人は、首を傾げている。それでも弥九郎が眉尻を下げたままだったので、じき、十郎が笑い出した。

「そこまで心配なら、一度おれが、お主を占ってみようか？　自分の事は分かりにくいゆえ、他の者が占った方が良かろう」

「……占いか？　そうだな、そういえば今日、誰かに占いのことを、言われた気がする」

「おや弥九郎、誰にだ？」

友が首を傾げた時、寺の庭にいた忍び三人は、一寸、動きを止めた。客殿の方から、突然大きな声が、幾つも響いてきていた。


東海寺が揺れるような、大騒ぎになった。

忍び三人が急ぎ客殿へ向かうと、鷹狩りに付き従ってきた者達が、顔を引きつらせ右往左往していた。

「何が起きたのだ？」

事を摑む為、弥九郎は無謀を承知で打鉤を使い、宙から寺の奥へ強引に入り込んだ。何とか恵吾を見つけたところ、とんでもない話が耳に飛び込んできた。

「西之丸様が、また腹痛を起こされた？」

先に鷹狩場で起きた腹痛が、ぶり返したというのだ。御典医の雲伯が、薬を煎じて飲ませたが、効いていないらしい。

「急ぎ、乗物を寺脇まで持ってくる。ご免」

去って行く恵吾の背を見つつ、弥九郎は総身を震わせた。乗物を寺へ寄せるということは、西之丸は今、己の足で歩く事が無理なほど、具合を悪くしているのだ。

（いきなり、何事が起きたのだ。もしや）

やはり毒を盛られたのだろうか。

その時、どうやって武家達の間をすり抜けたのか、傍らに十郎と蔵人が来た。そして二人は己達の体で、弥九郎を皆の目から隠す。

「弥九郎、もし……もし毒が使われたのだとしたら、御典医よりお主の方が、役に立つだろう。西之丸様の所へ行け」

頷き、堂宇の柱に打鉤を掛け、天井近くをさらに奥へと飛んだ。巨大な建物の中だから使えた手で、大勢の頭の上を過ぎた。

人の流れを辿り見当を付けると、後で責めを負うのは承知で、広い畳の部屋へ入り込む。途端、何人もから、恐ろしく険しい眼差しを向けられたが、兵藤が西之丸の側におり、声を掛けてきたので、他の動きが止まった。

弥九郎は、咄嗟に口にする。

「恵吾殿が、乗物を用意しに行かれました」

すると、知らせを運んで来たと思われたのか、殺気だった様子が消える。人が落ち着き、兵藤の姿の向こうに、寝かされている西之丸を見る事が出来た。

（良かった、亡くなってはいない。何があったにせよ、本物の斑猫の毒を、使われたのではないようだ）

一寸、心底ほっとした。ならば不埒と言われようが、手持ちの毒消しを典医へ差し出そうと、腹を決める。西之丸にはいつぞや、主の為ならば命を賭けると伝えてある。己の言葉に、二言があってはならなかった。

だが、しかし。

懐で薬袋を摑んだ時、弥九郎は動けなくなった。苦しげな西之丸の顔が、目に映ったからだ。そして、その様子を見た弥九郎は、立ちすくんでしまった。

何かがおかしいと、この時、初めて感じた。汗を浮かべている西之丸の顔を、食い入るように見つめた。

（あ、れ？）

（何が妙だというのだ？　どこが変なのか）

弥九郎達甲賀衆は、代々鉄砲組の役目を引き継いでいるゆえ、忍びとして薬や病に詳しくとも、医者を名乗ったりはしない。しかし、他から毒使いとそしられる程、病に強いのは本当であった。

一門の内での病は、忍び達が互いに診ているし、それで事は足りていた。弥九郎も長く、病人と向き合ってきたのだ。

（だから、甲賀の毒消しは良く効く。早く毒消しを、典医の前に置こう。一体、何を躊躇っているのだ？）

しかし、弥九郎の足は動かなかった。己の手が、微かに震えてきたのが分かる。

（おれは今まで、多くの毒に関わった。毒を飲んで、他の医者ではどうにもならず、甲賀に駆け込んできた者も多い）

最近鷹狩場で試された毒の為の薬も、毒茸用のものも揃えてある。口に含んだ後、吐き出される事なく、人一人を殺せる毒は、そう多くはなかった。

なのにだ。弥九郎は己の顔が、強ばってきているのを感じた。

（馬鹿な……）

西之丸の様子は、思っていたようなものではなかった。どうも……毒を盛られたものとは、違うように思えてきたのだ。

（苦しみ方が違う。そしてだ、この様子、どこかで見たような）

直ぐに一つ、思い浮かぶ事があった。

（そう、西之丸様は、腹が痛いと言われた。そして、その痛みが止まったりしていた）

何人も、似た具合になった者を、弥九郎は診てきていた。それが何なのか、考えるだけで顔が強ばってきた。

立ちすくんだままの弥九郎の顔を、兵藤が、眉を顰めて見てくる。その顔を典医が見つめ、弥九郎へ眼差しを移してきた。

御殿では無理でも、寺内でなら聞ける気がした。今しかないと承知し、弥九郎は思い切って医者へ問うた。

「あの、御典医殿にお聞きします。西之丸様は、腹を指で押すと、痛がったりされましょうか。腹で痛む場所が、あちこち移りますか」

恐いような目で、雲伯が見てくる。

「お主は……ああ兵藤殿、忍びなのですか。そうか、忍び出の医者は、多いと言われたものだ。それでお主には病状が、分かっているのだな」

その言い方が、答えになった。承知したくもないのに、分かってきた事があった。

(毒を盛られたのではない。西之丸様は……病で倒れられたようだ)

しかも眼前の病は、珍しいものではない気がした。西之丸の病状は、よくある病と、それは似ていたのだ。若い者にも、突然襲ってくる病だ。

(腹が張る。痛みが段々、強くなる。初めは大した事が無い者も多い)

だがその病は、剣呑なものであった。

(腹の内で腸のどこかが、腫《は》れているに違いない)

厄介な事に、腫れた腸が膿《う》み、腹の中で裂ける事があると、弥九郎は聞いていた。そしてその病は、膿が腹の中に広がると、命が危うくなる。

「どうする?」

誰を、とは言わず、雲伯が弥九郎へ突然、問いを向けてきた。

忍びと典医が、西之丸の病について話し合うなど、あるべきことではないのだ。よって、ぼかして問われたのだと気づいた。弥九郎は思い切って、病へどう対するか、考えを口にする。

「腹の痛んでいる所を、冷やすべきかと」

それで病が癒えるか、確かではなかった。

（だが……他に手がない）

頷いた典医が、絞った手ぬぐいを腹に当てたその時、恵吾が戻って来た。そして、乗物の用意が出来たと告げてくる。

乗物は、並の町人などが乗る事は許されない、戸の付いた、豪華な駕籠のようなものだ。しかしそれを用いても、西之丸御殿までの道のりが、今は酷く遠いものに思える。

「西之丸様を、乗物へお運びして」

典医の声が、はっきりと聞こえた。

西之丸はしばらく、この東海寺で病を癒やしてはどうかと、弥九郎は思った。もし病だとしたら、体を損ねた西之丸が、品川から江戸城の御殿まで帰るのは、それだけでも苦行に違いない。

（しかし寺は、宿ではない。これに、ここには典医も、雲伯殿一人しかいない）

具合が悪いのだ。急ぎ御殿へ帰る方が、良いのかも知れない。しかし、確信はない。

（何にせよ、おれは何一つ決められない）

弥九郎が寸の間呆然としていると、大事に担がれた西之丸が、眼前を過ぎてゆく。

その時、うめき声が漏れ聞こえた。

（かなりお悪いのではないか。我らが主に何か、して差し上げられる事はないか）

しかし腸の腫れを止める薬など、忍びの薬袋には入っていなかった。

（どうして……こんな事になるのだ？　つい先程、我らは伊賀流の末に勝った。西之丸様を守り切れた筈では、なかったのか）

何故その後、いきなり病が襲ってくるのか。相手が病、それも腹の内が腫れる病では、弥九郎達、忍びが全員集っても力を貸せない。

（どうしてこんな運が、もたらされるのだ？）

西之丸が乗物に乗り、恵吾や兵藤が、急ぎ従ってゆくのが見えた。

（我ら甲賀の光が、去ってしまう……）

弥九郎は客殿から駆け出たが、東海寺から出てゆく乗物を、ただ見送る事になった。多くの武士が付き従い、鷹狩場に来ていた甲賀達が、遠くから守って進む。

西之丸のうめき声が、弥九郎の耳に残った。その声が何時までも繰り返し聞こえ、止まなかった。

七

鷹狩りの途中、西之丸が具合を悪くしたのは、二月の二十一日であった。

そして将軍、徳川家治のただ一人の和子は、その三日後、二月二十四日に急逝《きゅうせい》した。

正式な警護でない甲賀の忍び達は、葬儀に関わる事すら出来ない。余りに急に、主と思う世子を失い、甲賀の一門はただ呆然とするしかなかった。

そして世の全ては、あっという間に、いつもの毎日に戻っていったのだ。

(西之丸様がこの世から消えてしまわれた。なのに、毎日が続いている)

ふぐの毒を使った者も、未だ分からないまま、調べは途切れた。伊賀流の末は、誰の為に留めておくのか分からなくなり、放すしか無かった。

放す前に、一門の者が、伊賀の末達から話を聞いていたが、確かではなかった。伊賀の末達は、鷹狩場へ攻め込んだのは、金や、命令の為ではないと語っていたのだ。忍びらは甲賀と同じく、次の将軍が誰になるかに、己達の命運を賭けたと言っていた。

(ならば伊賀流を鷹狩場へ向かわせた者は、今頃、祝っているだろう)

甲賀の夢は、半端に、腰砕けのように終わった。

世子と縁の深かった甲賀の三人は、組屋敷に籠もってしまった。主を奪った敵が病では、敵を討ちに行く事すら出来ない。傘張りなど出来ず、百人番所の勤めにも向かえず、同門の者達が役目を代わってくれた。

弥九郎が人と会わずにいた所、根来の田中が心配し、甲賀の組屋敷を訪ねてきた。その折、弥九郎の部屋で、それとなく問うてきた田中へ、西之丸は毒を盛られたのではないと告げた。

「田中殿、世の中には、西之丸様が毒殺されたという噂が、満ちているようだ。急に亡くなられたからな」

今回の鷹狩りの前には、鷹狩場で四人が亡くなっていたのだ。だがそれゆえ、却って警護はしっかりしていた。以前、毒使いと噂を立てられた弥九郎の目から見ても、世子は、病で亡くなったに違いなかった。

「西之丸様の腹の内で腸が腫れ、破れたのだろう。そうなると、まず助からぬ。甲賀でも手が出せぬよ」

疲れたように言った後、弥九郎は、元の主を、もう西之丸と呼んではいけないのかなと、眉尻を下げる。その内、次の世子が決まり、西之丸御殿へ入る。その誰かが、西之丸と呼ばれるようになるのだ。

「亡くなられた西之丸様の事は、家基様とお呼びせねば。分かっているのだが」

慰めの言葉と共に、田中は餅菓子を置いて帰った。弥九郎は、一人暮らしの部屋へ十郎や蔵人を呼ぶと、三人でその餅菓子を食べ、ようよう、西之丸の話をするようになった。

「急に、病に取り付かれた事が、納得いかぬ」

嘆きが繰り返し口に上り、同じ話が繰り返された。弥九郎は己の顔が、夜に捕らわれたかのように、険しくなっていくのを感じていた。

(日の光であった西之丸様が、亡くなられたからだな。元々忍びは、夜に属する者ゆえ)

この先、己がどう生きていくのか分からず、思いを持て余す。親に溜息を吐かれても、ただ組屋敷で畳にひっくり返っていた。

すると、暫く後のこと。

甲賀の三人は突然、一橋家へ、文で呼び出されたのだ。しかも、余り人目に付かないよう、暮れ六つ過ぎに来いと書いてあり、一門の長へ文を見せる事になった。

長も首を傾げたが、御家人が御三卿から呼び出されれば、行くしかない。暫く、百人番所へ行っていなかった弥九郎達は、江戸城外濠の石垣すら、久方ぶりに目にした。神田の地を抜け、一橋御門から入れば、屋敷は目の前だ。

暮れた刻限、一橋家の中奥へ通されると、思わぬ顔が部屋にあった。

「田沼御老中、お久しぶりでございます」

まずは部屋の外、廊下から挨拶をすると、蠟燭の揺れる部屋内へ、疾く、入るように言われた。部屋の端に三人が並ぶと、田沼老中の傍らには、七つになる豊千代の父、御三卿の一人である一橋治済《はるさだ》の顔があった。

(さて、どうして我らを呼ばれたのだろうか)

今更、元の西之丸警護役、甲賀衆を呼ぶ訳が分からない。よって挨拶以外出来ず、ただ黙っていると、田沼老中が声を掛けてきた。

「わざわざ組屋敷から呼んだのだ。早々に、用を話すことにする」

老中の話は、簡潔であった。

まず、世子家基が亡くなったので、田沼老中は、危うい立場に立っていると告げてきた。松平定信は、家基以外が将軍になった時、老中が藩主となっている相良藩の家禄を、没収すると言っていたのだ。

「本当に、そうなりかねぬ。わしが老中でいるのも、今の公方様がおいでの間だな」

だが己は藩主であり、家臣達を抱えている。出来る事はやると、田沼老中は言ってきた。まさに、政を動かす話をされていると知り、弥九郎達はただ目を見開く。

「それでわしは一橋様に、相良藩の安堵をお願いした」

田沼老中は、己の藩を残して欲しいと、一橋へ頼んだのだ。

「もちろん、ただお願いしても、一橋様は困られるだろう。だが今ならこの田沼も、まだ老中ゆえ役に立つ。よって、話を聞いて頂けるやも知れぬのだ」

田沼老中によると、既に江戸城内では、次の世子を誰にするか、話が出ているという。皆、勝手に名を挙げている。だがもちろん、その血筋ゆえに、期待が集まる者はいた。

「お一方は、もちろんこの一橋家の、豊千代様だ」

まだ家基が存命だった頃から、先々の将軍候補などと言われていたのだ。しかし他に、京から親王を招くという考えも、多いという。そして。

「もうひとかた、有望と名が出ているのは、元、田安徳川家の賢丸《まさまる》様、つまり松平定信殿だ」

「定信様は……」

一寸、驚いた様子の蔵人がつぶやき、直ぐに口をつぐむ。田沼老中は頷き、定信は白河藩へ養子に出ているから、本来であれば世子にという話など、出る筈もないという。

「ただ、な。定信殿は御年、二十二。幼い豊千代様より、世子にふさわしい。よって田安家へ戻れば良いという、話があるのだ」

ここで横から、一橋が言い切った。

「そんな馬鹿な話はない。既に定信様は、大名家の跡目となっている。将軍職は継げぬ決まりだわ」

もちろん田沼老中は将軍に、その事を言ってくれるだろうと、一橋は言ったのだ。

つまり豊千代が世子と決まり、次期将軍になった暁には、相良藩を大名家として残すという話が、既に交わされているようであった。弥九郎は一寸、眉間に皺を寄せる。

（こうやって、次期将軍が決まっていくのか。そら恐ろしい話だな）

ただ、裏側で将軍家の跡目が決まっていく場に、どうして忍び達が呼ばれたのか、それが今もって分からない。

すると田沼老中が、弥九郎を見つめてきた。

「徳川の血を引かぬ、親王様など必要ない。本来であれば、豊千代様がすんなり、世子に決まるところなのだ」

定信の名が出るのは、そもそもおかしいという。

「ただな」

西之丸であった家基が、余りに突然亡くなった、よって今、空恐ろしい噂が満ち、それでまだ世子が決まっていないのだ。

「家基様が毒を盛られ、亡くなったという噂が巡っておる。この田沼も、毒を盛ったと言われておる一人だわ」

だが田沼老中は、万一家基が亡くなった場合、相良藩を失いそうだと、既に冗談まじりに将軍家治へ話していた。少なくとも家治は、田沼老中が全てを失うのも構わず、家基に毒を盛ったとは思っていないのだ。

他にも、毒を盛ったと噂されている者はいた。例えば、倒れた家基を診た、典医の池原雲伯だ。そしてと、老中は続ける。

「何故だか噂では、豊千代様が毒を盛ったと言う者も多いらしい。いや、豊千代様は七つ、幼すぎるではないか。馬鹿な噂だ」

だがその噂は既に、家治の耳にも届いている。それ故か、あっさり決まっても良いのに、豊千代は未だ、世子になっていない。

弥九郎は、僅かに口元を歪めた。

(家基様を毒殺したと噂されているのは、和子様ではなく、親の、一橋様であろうな)

家治は、一子家基の死後、食べ物が喉を通らないほど嘆いているという。つまり、ただ一人の子へ毒を盛った者がいたら、絶対に西之丸にはしなかろう。

ここで一橋が、弥九郎を見てきた。

「お主は、毒使いと言われた忍びだそうだな。その上東海寺では、具合が悪くなった家基様を、お側で目にしているとか」

医者の雲伯と、家基の容体について話していたのを、側付きの者が聞いていたのだ。

「そうでございますね。この身は確かに雲伯殿へ、腹を冷やせと言い申した」

すると、それを耳にした一橋が、身を乗り出してくる。

「弥九郎は、家基様が毒を盛られたとは、考えておらぬのだな。ならばその考えを、公方様に話してはくれぬか」

「御目見も出来ぬ、御家人のそれがしが、話すのですか？　何と、公方様へ？」

「典医雲伯の言葉では、信用して頂けぬのだ。あの医者が、誰ぞに頼まれ毒を盛ったのかもと、公方様は思っておられる。毒殺の噂を、半ば、信じておられるのだ」

だから、一橋家に降りかかった毒殺の噂を消す役は、利害の絡まない者にしか出来ない。弥九郎にしか頼めないと、一橋は言葉を強くした。

弥九郎はようよう、己が一橋家の中奥へ呼ばれた事情を、得心した。甲賀は今、次の将軍争いのただ中に、放り込まれようとしているのだ。

そして田沼老中にとって一番大事なことは、相良藩を何としても残す事だろう。

一橋は、勝手に先の事を語り始めた。

「公方様が、江戸城内の紅葉山《もみじやま》へ行く時、この一橋の警護として、弥九郎達を連れて行く。その時、話せ。公方様と話が出来る時を、作っておくゆえ」

「えっ？　既にそこまで決まっているのですか？」

弥九郎は慌てて、自分が西之丸の様子を見たのは、ほんの少しの間だったと言ってみる。江戸城に向かってからの様子は、目にしていない。あれしきの対面で、世子を決めるような大事に、忍びが絡むべきではないのだ。

だが、一橋は引かなかった。

「話してくれれば、いつぞや甲賀達が、当家の銃を壊した事は、忘れるとしよう」

一橋は、しっかり承知していたようで、事をなした蔵人が、口元を歪める。次に田沼老中も、笑みを向けてきた。

「甲賀衆にとっても、良き話だ。もし相良藩が大名として残ったら、警護に入れた甲賀や根来の者は、藩士として残れるからな」

しかし、弥九郎は頷かなかった。

（一橋家は、鷹狩場周りで毒を使った。家基様が亡くなっても構わなかった筈だ）

大勢が家基を守らなかった上、早くもその死を忘れ、世継ぎ争いを始めている。久々に、腹の底が煮えてきていた。

自分が、二度と家基のような主を持たないことが、分かってきた。甲賀の忍びはやはり、闇の中こそが向いているのだろう。

「では三日後の明け六つ、この屋敷へ来るように。弥九郎、抜かるでないぞ。得意の占いをすれば、誰に付くのが甲賀の利か、分かる筈だ」

有無を言わせない一橋の言葉が聞こえ、口元が歪む。

ただこの時、不意に別の事が、弥九郎の頭を占めた。占いをと聞いた時、弥九郎の頭に、浮かんできた事があったのだ。

（おっ……）

弥九郎はゆっくり、目を見開いた。頭の中が、ざわついている。十郎が気遣わしげに、弥九郎を見ているのが分かった。

（ずっと気になっていた事が、分かった。西之丸様が亡くなった日、鷹狩場で伊賀流の末は、この弥九郎に、大人しく占いでもしていれば良いのにと言ったのだ）

甲賀で、占いの技を使う者といったら、一に十郎の名が出る。打鉤の技が目立つゆえ、占いと聞いて、弥九郎を思い浮かべる者など、まずいなかった。

（だが伊賀流の末は、おれが占うと承知していた。誰があいつに、おれが、占いの技を心得ていると伝えたのだ？）

知り合いを考えていった時、弥九郎は一橋から名を呼ばれた。その顔を見て、総身が震えた。弥九郎が占いをなすと承知の者の名が、確信と共に、頭の中に浮かんできていた。

八

一瞬顔を強ばらせた後、弥九郎はゆっくりと一橋を見た。

「一橋様、公方様にお会いして、家基様は病であったとお伝えいたします。ただ」

「何だ？」

「帰る前に、豊千代様付きの小姓、伊藤殿と会いたいのですが」

首を傾げたものの、伊藤と弥九郎が顔なじみなのを承知しているようで、一橋は、伊藤を呼びに人をやった。

直ぐにやってきた伊藤は、廊下から、弥九郎へ笑みを向けてくる。使いから、弥九郎が将軍と話す事を聞いたのか、豊千代が次の西之丸になることを、疑っていない様子であった。

「ありがたい話を聞き申した。弥九郎殿、豊千代様は、世子にふさわしいお方ですとも。甲賀の忍びにはこれからも、豊千代様の為、働いて欲しいですな」

既に過ぎ去った事だと思うのか、伊藤は家基への、悔やみの言葉一つ口にしない。口元を歪めた後、立ち上がった弥九郎は、廊下の伊藤へ歩み寄った。

そして伊藤の体を、いきなり庭へ突き落とした。

突然の事だった為か、皆、ただ目を見張っている。伊藤は庭から、大声を向けてきた。

「何をするのだ。着物が汚れたではないか」

「伊藤殿、お主、西之丸様に毒を盛ろうと、考えておっただろう」

それで鷹狩場近くの村で、ふぐ毒の効き目を確かめたのだ。

「あれは、お主の仕業に違いない。そのせいで鳥見役達が四人、死ぬ事になった」

「いきなり、何の話を始めるのだ。知らん」

「西之丸様が亡くなった日、我らは正体の知れぬ忍び達と、鷹狩場で戦った。その事は当日、西之丸様付きの書院番へ伝えてある」

あの時、伊賀の末達は、思わぬ事を口にした。甲賀との縁などない相手だったのに、弥九郎が、曲玉秘伝占術を占う事を承知していたのだ。

「誰が、あの伊賀流の忍びに、この弥九郎が占術を使うと、伝えたのか」

いや誰ならば打鉤でも毒でもなく、占いと弥九郎を、わざわざ結びつけて語るのか。

「事情に詳しい分、伊賀や根来の忍び達は、そんな話はせぬ。一門の者でも、しない」

では、誰ならば伊賀の末へ、語れたのか。弥九郎には一人だけ、思い当たる相手がいた。

「おれは豊千代様の事を占い、伊藤殿に、随分と喜ばれた覚えがある。そう、お主ならばこの弥九郎の事を、占術と結びつけるだろう」

伊藤と伊賀者が繫がっていたなら、鷹狩場へふぐを持ち込んだ旅人は、伊賀者の忍びに違いない。伊藤が鷹狩場で毒を使おうとした訳も、察しが付く。弥九郎が、庭の伊藤を睨んだ。

「家基様が御存命である限り、一橋家の豊千代様は、将軍にはなれぬ」

だが伊藤は、それでは承知出来ないのだ。理を強引に曲げ、何としても豊千代を、世子にしたかったのだ。

「だから鷹狩場で役人を殺し、試した」

伊藤は、本気で西之丸様を殺める気だった筈だ。弥九郎が低い声で言うと、伊藤は庭で狼狽える。

ただ……既に勝負は付いていると思うのか、返してきたのは強気の言葉であった。

「西之丸様は、病死であったと聞いている。よってそれがしは、罪を犯してはおらぬ」

過ぎた事にこだわっていては、明日が来ないではないかと、言葉が続く。

「甲賀も、この後の事を考えるのであれば、昨日にこだわらず、豊千代様に従え。むやみに楯突くと、立場を失うぞ」

明日にも世子西之丸となるのは、豊千代なのだから。伊藤が夜の庭で目を煌めかせ、そう言い切ったので、弥九郎は腹を決めた。己の声が、酷く低いのを知った。

「たまたま、西之丸様が殺される前に亡くなったから、罪はないと言うのか。西之丸様を殺す企ての為、死んだ四人の命は、数えていないわけか」

ならば弥九郎は、なすべき事をすると言い切った。一橋家の当主に嘘はつかないから、三日後紅葉山へ行き、将軍に、家基が病死であった事を告げはする。ただ。

「一橋家、豊千代君の小姓が、鷹狩場で毒を試した事も伝える」

家基は鷹狩場で、伊藤から命を狙われていたのだ。もし病にならなくても、命が危うかった。一橋家の、豊千代の為だ。

「公方様はその事を知ったら、一橋家を許さない筈だ。豊千代様が世子になる日は、来ない」

田沼老中が部屋で目を剝く。構わず語った。

「余分な話をさせないため、この身を将軍と、会わせないようには出来るな。だが」

弥九郎の他に、家基が病だったかどうか見極めた者はいない様子だ。将軍は典医すら、利害が絡んでいるかも知れないと、信用していないと聞いた。

更に、城へ入ることくらい、忍びは造作もなくなせる。紅葉山でなくとも、いずれは将軍へ、伊藤がやろうとした事を、伝える事が出来るだろう。

「おや、危うい話になってきたな」

十郎達が一橋家の中奥で、人が悪そうに笑った。一方伊藤は、夜の庭で立ち尽くし、身を震わせた。直ぐに、怒りの声を上げる。

「豊千代様のご出世を邪魔するなど、許されぬ」

伊藤が言葉を続けた。

「それに、今さら亡き家基様に心を寄せても、甲賀には何の利もないぞ」

「利の話など、しておらぬ」

「家基様は西之丸様であったが、亡くなったのだ。今は、何も出来ないと言ったのだ！」

段々と、伊藤の声が震えてくる。一橋が、伊藤と甲賀の言い合いに、呆然とした顔を向けてきた。その主に構わず、伊藤が中奥で、調子の外れた声を張り上げる。

「忍びが一橋家に逆らうのか。お主に何が出来ると思っているのだ」

それを弥九郎は、無言で受け止めた。二人は、話していた場から動かなかったが、抜き身で対峙するかのような、息の詰まる時が続く。

続いたゆえ、誰も、何も出来なかった。そして。

そして。

その怖いような場で、静かに語り出したのは、騒動に一番関わりが薄いと思われた、田沼老中であった。老中は首を一つ傾げると、西之丸家基は死してもまだ、大きな力を振るっていると言ったのだ。

一橋家に集まっていた者達が、老中へ目を集める。

「公方様は父親ゆえ、家基様が亡くなられた今、一層お子を哀れと思っておられる」

よってと、老中は話を続けた。

「次の世子は、家基様の死に、関わってはいけない」

将軍に事実を知らせず、誤魔化す事も不可だと田沼老中は言った。

「隠し事と共に西之丸になられても、不安をずっと抱える事になるからな」

将軍家の世子を狙う者が多くいると、今回誰もが承知した。豊千代はまだ幼いゆえ、もし罪を隠した場合、次期将軍となるまで。長く秘密を抱え続ける事になるのだ。

「そこを、狙われるな。悩み続ける立場になるだろう」

それでは身が持たないと、老中は語った時、一橋が老中へきつい目を向ける。

「当家の豊千代は、世子になれないと言われるのか。それが、田沼老中の本音か」

だが老中は、首を横に振った。

「ご冗談を。我が藩が残る為にも、一橋家の豊千代様には何としても、次期将軍になって頂きたい」

「は？　だが今……無理だと言わなかったか？」

「このままでは、厳しいと申し上げた。それゆえ、です」

ここで田沼の顔が、弥九郎へ向けられる。一寸伊藤を見た後、落ち着いて語った様子が、却って恐ろしかった。

「伊藤殿の首を刎《は》ねよ。大事な大事な豊千代様の為に、この世から消えて頂く事にしよう」

「えっ……」

呆然とした声は、誰のものであっただろうか。一橋と老中へ目を向けた伊藤の顔は、夜目にも白くなっていく。

「全ては豊千代様の、御為ですのに。この身に、罪有りと言われるのか」

伊藤の目は、考えは、豊千代にしか向いていなかった。更に、一橋へ言い訳を始めたその時、老中が弥九郎へ、はっきりしろと声を向けてくる。

「お主は、伊藤を許したりすまい。公方様も、伊藤を許さぬ。なのに、わしに命じられても、伊藤の首は刎ねないのか？」

ならばこれから、どうするのか。老中は問うてきたのだ。

「お主が伊藤と、我が藩と、一橋家の明日を決める。ああ、甲賀の明日もだ」

「この場で、その全ての明日を、決めよと言われるのですか」

言われた、その時だ。老中の方を向いていた弥九郎の背に、伊藤が、思いもかけなかった程の、刀の一閃を放ってきた。

豊千代の傍らにいる事の多い伊藤が、刀を使えるとは、弥九郎は考えた事すらなかった。だが、一橋家が跡取りに付けた小姓は、勿論忠義だけでなく、刀の腕前でも飛び抜けていたのだ。

（驚いた。伊藤はおれより、余程腹をくくる事が出来る男だった）

ためらいがない。決断はあった。一橋が目を見張り、黙る老中が見えた。十郎と蔵人は、一歩も動かなかった。

一寸の間に、不思議なほど多くの事が、弥九郎の頭を過ぎてゆく。

「ひあっ」

夜の中に、その声が響いた時、伊藤の首が飛んでいた。夜の一橋家の庭を、血だらけのものが転がっていく。

「なんとっ」

一橋が、短く声を上げた時、弥九郎が刀を振り血を払う。老中の声が短く聞こえた。

「背から切りつけても、忍びは倒せぬか」

だが、それきり暫く、誰も声を上げない。庭は暗く、血の色はろくに見えなかった。ただ匂いが辺りに満ち、一橋と田沼老中が、顔を引きつらせていった。

九

「それで？　弥九郎、何でお前さんの頭が、まだ首の上に、くっついてるんだ？」

遅い刻限、三人で甲賀の組屋敷へ戻ると、明かりが見えたので、長の屋敷へ向かった。すると長だけでなく、弥九郎の親や一門の長老達も、寝ずに顔を並べていた。

血の匂いがすると言われたので、豊千代様付きの小姓、伊藤の首を刎ねた事と、その事情を、部屋内の者達へ告げる。

豊千代命の伊藤が、今が好機とみて、本気で西之丸を殺めようとしていたことは、部屋内の皆にも分かって貰えた。ただ、その首を刎ねた弥九郎が、まだ生きている訳を、皆は知りたがった。

田沼が、首を刎ねるよう言った事は告げたが、老中は一橋家にいた客だ。一橋が家臣の死を、黙って受け入れるいわれは無かった。

「一橋家には、陪臣達が大勢、いただろうに。弥九郎、まさか伊藤殿を斬った後、そいつらも全部、殺しちまったのかい？」

「長、物騒な事を言わないで下さい。伊藤が死んだ後、騒ぎが大きくならないよう、田沼様が、一橋家との間に入って下さったんです」

大騒動になって、相良藩の安泰が吹っ飛ぶ事を、危惧したからに違いない。田沼老中は、一橋に、思い出させてくれたのだ。

「伊藤殿が消えました。これで豊千代様は、世子になれますな」

伊藤が生き返ることはない。そして伊藤が犯した罪を、豊千代にかぶせるべきではないのだ。

「弥九郎も、それは承知でしょう。ならば伊藤が成敗されて、騒動は終わりとなったようだ」

次の世子は豊千代に決まり、相良藩も、これで無くならずに済むと、田沼は言ったのだ。

寸の間無言で、一橋は老中と向き合っていた。だがその後、家臣達が集まってきたのを知ると、中奥の部屋でゆらりと立ち上がる。

一橋は手で、怖い顔の家臣達を止めた。それから首のない伊藤の姿を、暫く見つめていた。そして、硬い声で言ったのだ。

「伊藤は今夜、豊千代のため、当家から出奔した。今後、一橋家とは縁の無いものとする」

そういう話で承知して欲しいと、一橋は、田沼老中の方を見たのだ。

「一橋様に、家の存続を頼んでおられた御老中は、顔色を変えもせず頷かれました」

すると、弥九郎を睨んでいた家臣達が、直ぐに戸板を運んで来て、伊藤を運び去って行った。

「今は豊千代様が、西之丸になれるかどうかという時です。それを伊藤殿が邪魔することは、許されなかったんですよ」

伊藤は出奔した事になったので、弥九郎は殺していない事になった。よって、甲賀の組屋敷へ無事、帰ってきたのだ。

「一橋家の庭を血だらけにしたので、大人しく公方様へ、家基様は病死したと告げる事にしました」

長は頷くと、隣に座っている十郎へ顔を向けた。行灯の火が、揺れたように思えた。

「十郎、弥九郎は、首を一つ落とした事を後悔して、老中の言葉を聞く気になったのか？」

すると友は、思わぬ事を語り出した。

「弥九郎は、しばし大人しくして、公方様と対面したいのだと思います。ええ、その後も、大人しくし続けるかどうかは……この十郎には、分かりません」

例えば約束通り、家基が病になった事だけを、言うにしても、だ。弥九郎は他に、余分な事をするかもしれないと、長年の友は言ってくる。一橋と田沼老中が、どういう取り引きをしたか、短い文など、将軍の袖へ入れる気かも知れないと言う。

「その時は友として、手を貸さねばと思っております。ええ、蔵人も同じ考えです」

「おいおい、三人はこれからも、無茶をするってぇのか？」

長と親と長老達が、厳しい目を向けてくる。それで弥九郎は、頭に描いた先の話を、薄暗い部屋で、今日話す事にした。

「西之丸様は、亡くなってしまわれました。我らは、主と希望を失ったのです」

真っ当に日の下へ、甲賀の忍びを連れ出してくれる、またとないお方であった。

「甲賀の明日は、より厳しくなります。長は、そうなる訳を分かっておいでかと」

西之丸を守る為、甲賀の忍び達が必死になったからだ。今もって忍びの技が廃《すた》れていないことを、多くの武家が承知してしまった。甲賀衆は今も、忍びの技を持っている。だがその戦いの力は、百人番所で、ただ座っている鉄砲百人組の者としては、大きすぎるに違いない。

「今後、我ら甲賀を表だって重用する御仁は、公方様に刃向かうかもと、疑いを向けられましょう。つまり我ら甲賀にはもう、好機は回って来ないはずです」

隣で十郎達が頷いている。

「ならば、どうする？　諸事諦めて、もっと、傘張りに精を出すべきかな？」

問われたが、弥九郎は傘張りが、そこまで好きではなかった。そして、伊藤と命のやりとりをしたことで、嫌でも、決断の時があると知ったのだ。

「甲賀はこの後、百人番所などのお役目は、これまで通り勤めるとします」

禄を頂き、組屋敷にも、今まで通り住み続け、大人しくしているわけだ。ただ。

「西之丸様にお仕えした事で、我らには余力があると分かりました。ええ、傘張りをしながらでも、色々動けそうです」

ならばだ。ここで弥九郎は、にっと笑った。親が、人相が悪く見えるから、そういう笑い方は止めておけと、直ぐに言ってくる。

その忠告は聞かず、さっさと話を続けた。

「一門の働き方を、内々に、戦国のやり方に戻しませんか？　我らはかつて諸方の武将から、仕事を受けていました」

今回とて、一橋や田沼老中は、甲賀へ頼みごとをしてきている。無事、豊千代が世子に決まれば、なにがしか甲賀へ下さるだろう。そういうやり方をまた始めてはどうかと、弥九郎は言ったのだ。

「ほう、そう上手くいくかな」

「長、最初はなかなか、考えたようにはいかないと思われます。ですが始めなければ、何も出来ませぬ」

忍びの技と引き換えに、利益を受け取り、一門の暮らしを楽にするのだ。そういう生き方を一門で、勤めとしていくのは悪くなかろうと、弥九郎は思い至った。

「ただ、甲賀の忍びが勝手に動くと、我らを疑う者が出て来ましょう。思うように動かしてやろうと考える阿呆も、現れそうだ」

よって甲賀は、余程慎重に動かねばならない。弥九郎は、そう続けた。

「ですが決断すれば、良くなると分かっている事もございます。忍びの技が役立つとなれば、今後甲賀の忍び達は、技を覚え精進していく事が苦ではなくなるでしょう」

「おや、お主は忍びの技の修行を、苦行だと思ってたのか？」

「長、忍具が何の役に立つのかと、溜息を漏らした事は、多々ありましたよ」

そもそも御家人としての勤めは少なく、傘張りと畑仕事が頼りの暮らしでは、己が何者なのか悩むしかなかった。だから。

「忍びは元々、夜に潜む者。今後は昼間、真っ当な顔で生きつつ、闇の中で、技を生かしてゆけばよろしいかと」

都合が良いと力を求めて、誰より先に、一橋のような者達が、甲賀を頼る筈なのだ。弥九郎がそう言葉を結ぶと、長が薄暗い天井へ、一度目を向けた。

「ああ、弥九郎の考えは面白かろう。甲賀の忍びとして、腹を決める時かも知れんな」

「おや、反対されないのですか」

身の程を弁えない考えだと、てっきり怒りを向けられると思っていたので、弥九郎達が目を見張る。すると長達は、一寸目を光らせた後、正面から三人を見てきた。

「上忍ならば感じているとは思うが、そろそろ忍びの技を伝えていけるかどうか、心許なくなってきている」

思いがけない程、正直な言葉が返ってきた。

「実際に使われないものは、廃れていく。甲賀とて、既に上忍と並の忍びの力が、随分離れてしまった」

忍びであり続けるなら、忍びの仕事をしなくては、無理なのだ。しかし徳川家は甲賀へ、忍びの役目を、もう与えてはくれない。

ならばと御家人でありながら、他の者の為、忍びの仕事を始めるのは、危うい事であった。見つかれば、家が断絶する事を覚悟せねばならないからだ。

「それで、おれも長老達も今まで、腹を決められずにいたんだ。情けないな」

だからと続けた長が、ここで弥九郎の父へ目を向けた。

「決断する力が気に入った。おれの跡目は、この場で弥九郎に決めよう。うちへ養子にもらう。弥九郎と十郎、蔵人が、甲賀の明日を支えてゆくだろう」

上手く出来なければ、弥九郎達が甲賀を滅ぼす事になる。そう言われて、当人は慌てた。

「いきなり決めるのですか。甲賀は、合議で事を決めます。もっと話し合わなくては」

「我らはもう散々、話してきている。暇だけはあったからな。それに長の立場など、羨むものでもない。煩わしいだけだ。押っつけられたと思っていればいい」

長は弥九郎へ早々に、甲賀を率いるなら、まず、何をしたいかと問うてきた。弥九郎は、金にならないかも知れないが、忍びの力で、やってみたい事はあると話し出す。

「ふぐの毒で、四人を死なせた伊藤は、首を刎ねました」

戦国の世と同じ始末の付け方が、この徳川の御世に蘇ったわけだ。弥九郎はあの瞬間、忍びとして生きていく腹を、決めていたように思う。ただ。

「同じように毒を使い、熊をけしかけ、銃を暴発させた方々は、早々にその件を忘れておいでのようだ」

人死には出さなかったが、西之丸に勝手をする気だった者達の事を、弥九郎は忘れる気はなかった。田沼老中や定信らは、無謀の始末を引き受けていない。もしかしたら伊藤のように、家臣が勝手をしたのかも知れないが、その責めを負うのも、上に立つ者の務めだと思っている。

「いつかあの方々の守りたいものに、忍びが関わる事になった時。家基様へ仕掛けた馬鹿のつけを、払わせたいと思います」

偉い方々は、忍びなど当然、己達が使えると思っている。だが彼らは甲賀にとって、主ではない。御家人の立場から離れた時、どんなに相手が偉くとも、弥九郎は、ただ頭を下げる気などないのだ。

「戦って勝てる腕もないのに、威張るだけの者など、煩わしいだけです」

部屋内の者達が、何故だか嬉しげに笑った。

「はは、弥九郎は恐いな。けれど、相手が大物というのは、いい」

「二つ目の勤めを、我ら長老も、是非やりたいですな」

一門の面々の目に、光が宿っている。夜の中、とうに衰えた筈の忍び達が、低く垂れた頭を、また上げようとしていた。

（我らはこれから、二百年近い時を越え、主を持たぬ忍びの勤めを、また始めるのだ）

しくじれば命がない日々を、弥九郎は今、甲賀に戻そうとしていた。

（我らが真の主は、我ら自身だ。我らは甲賀忍びの一門なのだから）

徳川の世、御家人がそんなことを口にしたら、あっという間に破滅すると分かっている。だが、それでも夜の中、忍びとして生きていくと決めた。

（やっていける筈だ。人というものは常に、都合の良い力を求めるものだから）

甲賀衆の一生が、命がけのものに化けた。その重さを夜が、闇と秘密の中に埋めていく。全ては密やかに、始まることになった。

初出　「小説現代」二〇二二年七月号～十一月号

◈

畠中 恵（はたけなか・めぐみ）

高知県生まれ。名古屋造形芸術短期大学卒業後、漫画家アシスタントなどを経て、2001年『しゃばけ』で日本ファンタジーノベル大賞優秀賞を受賞しデビュー。'16年「しゃばけ」シリーズで第1回吉川英治文庫賞を受賞。著書に「しゃばけ」「まんまこと」「つくもがみ」シリーズ、「若様組」シリーズ（『アイスクリン強し』『若様組まいる』『若様とロマン』）、『ちょちょら』『御坊日々』『猫君』などの多数の作品がある。

忍《しの》びの副《ふく》業《ぎょう》　下《げ》

2023年3月20日　第1刷発行

著者………………畠中《はたけなか》　恵《めぐみ》

発行者……………鈴木章一

発行所……………株式会社講談社
〒112-8001　東京都文京区音羽2-12-21
電話　編集　03-5395-3505
　　　販売　03-5395-5817
　　　業務　03-5395-3615

本文データ制作……講談社デジタル製作

印刷所……………株式会社KPSプロダクツ

製本所……………株式会社国宝社

定価はカバーに表示してあります。

落丁本・乱丁本は購入書店名を明記のうえ、小社業務宛にお送りください。送料小社負担にてお取り替えいたします。なお、この本についてのお問い合わせは、文芸第二出版部宛にお願いいたします。

ISBN978-4-06-530855-4
N.D.C.913　262p　19cm

KODANSHA